Von Harold Foster

in der neuen Bearbeitung von
Christiane de Troye und Eberhard Urban

Gondrom

Lizenzausgabe für Gondrom Verlag GmbH & Co. KG, Bindlach 1993

Einbandgestaltung: Werbestudio Werner Ahrens

ISBN 3-8112-1071-8

Die Herausforderung

Prinz Eisenherz und seine Gemahlin Aleta, Königin der Nebelinseln, waren auf der langen Reise vom Mittelmeer nach Thule. Die landsuchenden Germanen, die nördlich der Donau die Länder durchzogen, hätten die Reise quer durch Europa zu einem Abenteuer voller Gefahren werden lassen. Der Seeweg war nicht weniger gefährlich; Seeräuber aus Afrika beherrschten den Ausgang des Mittelmeeres, die Straße von Gibraltar.

Da erinnerte sich Katwin, Aletas getreue Magd aus dem Nordland, daß sie vor langer Zeit mit ihrem Vater eine Reise von Skandinavien nach Konstantinopel unternommen hatte. Nach der Überquerung der Ostsee befuhren sie damals einen Strom flußaufwärts, transportierten das Schiff über eine kurze, aber beschwerliche Strecke über Land, um dann auf einem anderen Strom flußabwärts das Schwarze Meer zu erreichen. Dieser Weg auf den Flüssen durch das Ostland, der nicht so gefährlich schien, war für Prinz Eisenherz neu — und deswegen verlockend.

Die Schiffe hatten inzwischen das Mittelmeer verlassen, waren durch das Schwarze Meer gesegelt, den Fluß Dnjepr aufwärts gerudert worden. Eines Nachts war das eine Schiff auf dem Fluß abgetrieben. Patzinaks, wilde Steppenreiter, hatten es überfallen und Aleta geraubt. Dragda, der mächtige Khan der Patzinaks, wollte Aleta zu seiner Hauptfrau machen. Doch Prinz Eisenherz eroberte mit seinen Nordmännern die Stadt, befreite Aleta und nahm die geraubten und dort gehorteten Schätze auf seine Schiffe.

Sir Gawain begteitete mit einer berittenen Truppe die Schiffe am Ufer.

Die Reise ging weiter, den Dnjepr flußaufwärts ins Land der Poljanen. Man näherte sich der Stadt Kiew. Prinz Eisenherz und die anderen Männer beschlossen, wegen des erbeuteten Schatzes nachts leise an der Stadt vorbeizurudern.

Aleta war damit nicht einverstanden: „Euch Männern mag es genügen, im schlammigen Fluß zu schwimmen. Aber mein letztes warmes, parfümiertes Bad hatte ich vor zwei Monaten! Und meine Frisur? Wir machen in Kiew Halt!"

So geschah es. Sir Gawain suchte mit reichen Geschenken den Großfürst von Kiew auf. „Sir Eisenherz, Ritter von König Arthurs Tafelrunde, Prinz von Thule, und seine Gemahlin Aleta, Königin der Nebelinseln, möchten Euch besuchen." Einige Tage später geruhte der Großfürst, den Prinzen und seine Königin willkommen zu heißen. Er wußte, daß diese Königin Dragda Khan um den Verstand gebracht hatte, und daß dieser Prinz mit nur hundertundvierzig Männern die Stadt der Patzinaks eingenommen und zerstört hatte.

Aleta genoß den langentbehrten Luxus. „Eitelkeit", murmelte sie entzückt, „das ist pure Eitelkeit, aber ich mag das." Die Friseusen wetteiferten, ihrem honigfarbenen Haar die schönste Form zu geben.

Und nach dem Bad ging Aleta einkaufen. Kiew war ein bekanntes Handelszentrum, in den Basaren gab es eine reiche Auswahl an Kleiderstoffen. Die Händler machten gute Geschäfte. Aleta zeigte sich den Schneidern gegenüber sehr geduldig.

Vater und Sohn staunten über ihre Langmut.

Die rauhen Krieger aus dem Norden hatten viel Zeit. Sie durchstreiften die Straßen der Stadt und entdeckten in den Kneipen und Kaschemmen ein herzhaftes Getränk, das ihrem heimatlichen Met sehr ähnlich war. Sie wurden immer ausgelassener, und auch der kleinste Streit wurde mit der Waffe ausgefochten.

Der Schatzmeister des Großfürsten hatte eine schöne junge Frau. Und natürlich verliebte sie sich in Gawain. Das konnte dem Schatzmeister nicht recht sein. Mit argwöhnischen Blicken verfolgte er den schönen Fremden.

Wenn Aleta nicht im Bad, beim Friseur oder bei den Schneidern war, verbrachte sie sorglose Stunden bei den Juwelieren der Stadt.

Prinz Eisenherz wurde ungeduldig; ebenso der Großfürst. Die fremden Krieger störten den Frieden in seiner Stadt. Sollte er zur Strafe die schatzbeladenen Langschiffe beschlagnahmen?

Aleta beruhigte ihren ärgerlichen Gemahl: „Sorge dich nicht. Ich bringe das alles wieder in Ordnung." Zusammen suchten sie den Großfürsten auf. Prinz Eisenherz schwieg, Aleta sprach, der Großfürst hörte zu. „Unsere Krieger werden unruhig. Sie waren untätig, seit sie das Volk der Patzinaks bezwungen haben und die Stadt Dragda Khans verwüsteten.

Sollten Eure Wachen sie reizen, werden sie in Eurer schönen Stadt mehr Schaden anrichten, als alle Schätze auf unseren Schiffen wert sind! Stellt uns eine Barke zur Verfügung, auf der mich die Schneider begleiten. Dann brechen wir sofort auf!"

Der Herrscher von Kiew überlegte: Soll er die Schiffe mit ihrer kostbaren Fracht gen Norden auslaufen lassen? Oder blufft ihn diese Frau nur?

Darauf erhielt er nie eine Antwort. Die Schiffe legten ab, begleitet von einer Barke mit kichernden Schneidern. „Merkwürdige Leute, diese Nordmänner!"

Auch Sir Gawain verließ mit seinen Reitern die Stadt. Es hieß, daß des Schatzmeisters schöne Frau bitterlich weinte.

Prinz Eisenherz fragte sich: „Wie kommt es, daß eine Ehefrau gehorsam ist, voll Pflichterfüllung — und doch ihren Willen durchsetzt?" Er fand keine Antwort.

„Wir kommen zu langsam voran, und die Verpflegung geht zur Neige", warnte Thorkel, der Kapitän, „oberhalb von Kiew gibt es nur wenige Orte, wo wir unsere Vorräte ergänzen können."

Die gefangenen Patzinaks waren Reiter, sie waren es nicht gewohnt, Schiffe zu rudern. Viele brachen unter dieser Anstrengung zusammen. Prinz Eisenherz schenkte ihnen die Freiheit. „Wir haben noch einen langen, harten Weg vor uns. Nur Nordmänner an den Riemen können es schaffen, daß wir die Heimat vor dem Schneefall erreichen."

Prinz Eisenherz beschloß, jeden Abend, wenn die Schiffe am Ufer festmachten, auf die Jagd zu gehen.

Er befahl, daß ihm später einige Männer folgen sollten, um das erlegte Wild zu holen. Der Weg durch den Sumpf am Ufer des Dnjepr war beschwerlich. Schon wollte er entmutigt umkehren, da entdeckte er auf einer Lichtung eine Herde grasender Auerochsen. Die Dämmerung zog auf, und er kroch vorsichtig an die Tiere heran. Er wollte aus nächster Entfernung einen sicheren Schuß anbringen. In seinem Jagdeifer vergaß er, daß Herdentiere Wachtposten aufstellen. Ein mächtiger Auerochsen-Bulle hatte sich leise genähert. Mit Entsetzen gewahrte ihn Prinz Eisenherz, als er plötzlich angegriffen wurde. Er verfluchte die untätigen Wochen auf dem Schiff, die ihn um seine Geschicklichkeit gebracht hatten. Das Tier rannte auf ihn los. Wieder und wieder stieß Eisenherz sein Sachsenmesser in den starken Nacken des Bullen, der ihn auf die Hörner zu nehmen suchte. Die scharfe Klinge fand ihren Weg zwischen die Nackenwirbel und brachte das Tier zur Strecke. Doch Prinz Eisenherz, eingeklemmt zwischen zwei Bäumen, war verzweifelt. Es wurde immer dunkler, und das Gefühl in seinem Körper starb langsam ab.

Er verspürte kaum noch Schmerzen.

Zwei wilde Bewohner des Sumpfes näherten sich Prinz Eisenherz. Voller Gier starrten sie auf sein scharfes, blinkendes Messer, seinen stählernen Speer, seinen Gürtel, seine vornehme Kleidung. Einer von ihnen legte schweigend einen Pfeil in den Bogen.

Da raschelte es plötzlich im Gebüsch. Endlich waren die Mannen des Prinzen eingetroffen. Vor den drohenden Waffen ergaben sich die beiden Wilden. Die Nordmänner befreiten Eisenherz aus seiner unbequemen Falle.

Auf einer Bahre wurde der Prinz zu den Schiffen gebracht. Die Wilden mußten helfen, den erlegten Auerochsen zum abendlichen Feuer zu tragen. Der Hunger war für heute gebannt, aber Prinz Eisenherz war verwundet!

Die beiden gefangenen Jäger bestaunten die vielen Äxte, Messer und Speere der Nordmänner. Durch Zeichen gab ihnen Prinz Eisenherz zu verstehen, daß er eiserne Waffen gegen erlegtes Wild tauschen würde. So entließ er die Gefangenen in die Freiheit.

Am nächsten Abend besuchten viele Jäger aus dem Sumpf die hungernden Nordmänner. Sie tauschten das Wildbret gegen lange Messer, scharfe Äxte, lange Speere und kunstvolle Pfeilspitzen.

Lautstark feierten sie ihren guten Handel.

Jetzt hatten sie reichlich Fleisch. Die Männer bauten Räucherkaten und Trockengestelle, um genügend Proviant zu haben. Prinz Eisenherz konnte sich in dieser Zeit von seinen Verletzungen erholen.

Bald würden die Winterstürme über das Land hinwegtoben. Die Reise mußte fortgesetzt werden. Am oberen Flußlauf gab es immer häufiger Stromschnellen, Strudel und Riffe. Oft konnten die Schiffe nur mühsam vorangeschleppt werden. Endlich erreichten sie die Große Landbrücke, die Verbindung zwischen den Oberläufen der Flüsse Dnjepr und Dwina. Der schwerste Teil der Reise lag nun vor ihnen.

An der Großen Landbrücke lagen noch viele, zum Teil zerbrochene Werkzeuge, die wieder benutzt werden konnten.

Mit einem Trupp ging Sir Gawain los, Hindernisse oder Feinde auf dem vor ihnen liegenden Weg auszukundschaften.

Die Menschen hier hatten von ihren Nachbarn, den Sumpfbewohnern, schon erfahren, daß mit den Nordmännern gut Handel zu treiben sei. Neugierig kamen sie heran. Prinz Eisenherz traf sich mit den Abgesandten des Volkes, tauschte Geschenke mit dem Stammesfürsten der Polotschanen.

Als Bauernvolk hatten sie Ochsen und Karren und waren bereit, sie zu vermieten.

Räder und Schleppschlitten, die schon an den großen Wasserfällen benutzt worden waren, wurden wieder zusammengebaut. Die schwere, mühevolle Arbeit des Schiffstransportes über Land konnte beginnen.

Prinz Eisenherz war noch sehr geschwächt. Und wie gern hätte er selbst Hand angelegt. So konnte er nur zuschauen.

Eine Arbeitsgruppe ging voraus, ebnete den Weg und befreite ihn von umgestürzten Bäumen.

Die Ochsenkarren wurden mit der Ausrüstung, dem Proviant, den Schätzen beladen. Sie brachten ihre Last zum Ufer der Dwina.

Das eine Schiff, von allem beweglichen Gut entlastet, wurde nun auf die Schleppschlitten gehievt. Die Männer und die Ochsen legten sich in die Seile; unter großem Geschrei rumpelte das Schiff knarrend davon. An manchem Steilhang hinunter mußte es gebremst werden, um die Schlepper nicht zu überfahren. An anderen Stellen des Weges mußte mit Ankerwinden das Schiff mühsam fortbewegt werden.

Wie schwer mußte es dem tatkräftigen, unternehmungslustigen Prinz Eisenherz fallen, nur zusehen zu dürfen, wie seine Männer mit enormer Kraft und viel Geschick ihre ungewohnte Arbeit bewältigten. Er hielt es auf seinem Rastplatz nicht länger aus. Auf einen Stock gestützt, humpelte er dem Schiff hinterher.

Entsetzt sah er, wie die Räder des Schleppkarrens im Morast versanken. Statt mit anpacken zu können, konnte er den verzweifelten Männern nur aufmunternde Worte zurufen.

In dem sumpfigen Teil der Landverbindung zwischen den beiden Flüssen wurde das Vorwärtskommen fast unmöglich. Die erschöpften Nordmänner legten eine notwendige Pause ein und blickten sorgenvoll auf die noch vor ihnen liegende Sumpfebene hinab.

Sie konnten sich nicht vorstellen, wie sie die noch vor ihnen liegende Strecke schaffen sollten. Erschöpft ließen sie die Köpfe hängen. Doch sie erinnerten sich, daß schon vor ihnen viele Männer diesen Landweg mit schweren Schiffen überwunden hatten. Die Nordmänner richteten sich auf, gaben den schwer neben ihnen stapfenden Ochsen einen freundlichen Klaps, während sie ihre Königin mit den Kindern am Ufer spazierengehen sahen.

Einer der Zwillinge riß sich von der Hand seiner Mutter los und rannte laut jauchzend im Matsch herum. Aleta lief dem kleinen Ausreißer hinterher. Sie rutschte aus.

Schweigend beobachteten die Männer, wie ihre Königin durch den Morast dahinglitt. Endlich stoppte ein Baumstumpf ihre Rutschpartie.

Prinz Eisenherz lachte. Heftig unterbrach sie ihn: „Nehmt das Schiff vom Schleppkarren herunter. Ich garantiere, auf diesem Untergrund gleitet es leicht zu Tal."

Es geschah, wie sie versprochen hatte. Während das Schiff fast mühelos dahinglitt, plätscherte Aleta in einem kleinen Teich, um sich und ihr Kleid zu säubern.

Bald schaukelte das erste Schiff auf den sanften Wellen der Dwina. Nach diesen anstrengenden Tagen hörte Prinz Eisenherz zum erstenmal wieder seine Männer singen. Ohne die Hilfe der fleißigen Polotschanen wäre der Schiffstransport von einem Fluß zum anderen zur unerträglichen Qual geworden.

Zur gleichen Zeit lag in der nahegelegenen Burg der alte Anführer der Polotschanen im Sterben. Sein Nachfolger wurde Jan Hedji, ein junger und unerfahrener, machthungriger und habgieriger Mensch.

Die Nordmänner hatten wie die Polotschanen bei Regen und Hitze schwer geschuftet. Der Prinz war gegenüber seinen Leuten ebenso großzügig wie zu den freundlichen Waldbewohnern. Das legte der junge Hedji als ein Zeichen der Schwäche aus. Unverschämt verlangte er jetzt von Eisenherz den doppelten Preis, der sofort bezahlt werden sollte. Sonst würde er seine Männer und die Ochsen gleich nach Hause schicken.

Sir Gawain wendete sich ab.

Prinz Eisenherz hatte sich Hedjis Forderungen angehört. Er schwieg und lächelte. Sein Motto hieß: Behandele jeden fair, aber verlasse dich nicht auf die Fairness des anderen. Hornsignale ertönten. Sir Gawain hatte einem Wikingerposten befohlen, Alarm zu geben. Die Signale wurden von Posten zu Posten weitergegeben. Die unheilverkündenden Töne und das stumme Lächeln des Prinzen verstärkten die Nervosität des Polotschanenführers. Eisenherz band sich den Helm fest, während Hedji seine versteckten Männer aus dem Wald rief. Da traten waffenklirrend auch die Nordmänner auf die Lichtung. „Unsere Fairness wolltet ihr nicht", sagte der Prinz vergnügt, „jetzt lernt ihr unsere Gerechtigkeit kennen! Gebt acht, daß ihr nicht auch unseren Zorn zu spüren bekommt."

Prinz Eisenherz gab Anweisung, Frauen und Kinder auf das Schiff zu bringen. Dann wurde es in der Mitte des Stroms verankert und gut bewacht.

Mit drohender Gebärde trat er auf Hedji zu: ,,Wenn auch nur einer deiner Männer die Arbeit verläßt, für die er bezahlt wurde, lege ich dir persönlich das Zaumzeug an, und du ziehst zusammen mit den Ochsen das andere Schiff!"

Alle Männer kehrten ans Ufer des Dnjepr zurück. Jetzt mußten die Polotschanen die schwere Arbeit allein verrichten. Die bewaffneten Wikinger beobachteten aufmerksam den Zug. Das zweite Schiff wurde auf den Schleppkarren verladen. Die Polotschanen ächzten unter der schweren Last. Was vorher harte Arbeit war, wurde jetzt zur schieren Qual. Sie verfluchten ihren Anführer und seine Habgier.

Die Polotschanen brachen fast unter der Qual der Arbeit zusammen. Nachts waren sie zu erschöpft, um an Flucht zu denken. Jan Hedji saß abseits, seine Stammesangehörigen straften ihn mit Verachtung.

Am nächsten Morgen kam eine Abordnung der Waldmenschen zu Eisenherz: „Herr, wir werden den Treck nicht überleben, wenn Eure Männer nicht wieder mithelfen. Wir arbeiten zum vereinbarten Lohn. Letzte Nacht hatte Hedji einen Unfall und ist gestorben."

Nun arbeiteten Wikinger und Polotschanen wieder Seite an Seite. Auch das zweite Schiff erreichte unversehrt die Dwina.

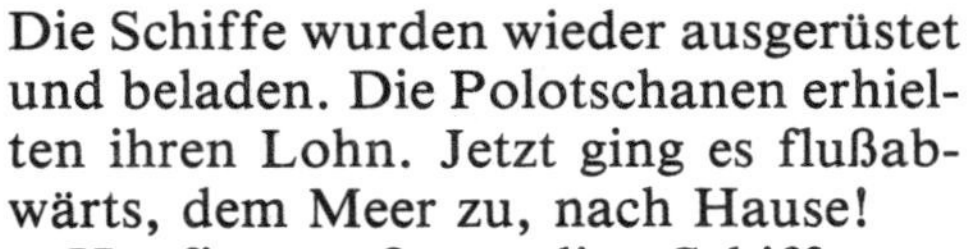

Die Schiffe wurden wieder ausgerüstet und beladen. Die Polotschanen erhielten ihren Lohn. Jetzt ging es flußabwärts, dem Meer zu, nach Hause!

Häufig mußten die Schiffe an Stromschnellen vorbeigezogen werden. Die Männer freuten sich auf die Heimat und legten sich ins Zeug.

Wagemutig fuhr man die tosenden Katarakte hinab. Die freudigen Rufe und der fröhliche Gesang vermischten sich mit dem Getöse des Wassers.

Prinz Eisenherz hatte sich vom Zusammenstoß mit dem Auerochsen erholt. In einem Boot fuhr er den Langschiffen voraus, den weiteren Weg zu erkunden. Mit seinen Kriegern ging er ans Ufer, um eine felsenreiche Stelle zu untersuchen, an der die Schiffe wieder gezogen werden mußten.

Plötzlich stand ihnen an einer Wegbiegung eine Gruppe Schweden gegenüber. Die waren flußaufwärts gezogen, Abenteuer zu suchen. Ihr Schiff lag am Ufer, und auch sie wollten die Gegend erkunden.

Schilde wurden erhoben, Schwerter gezogen. In diesen Zeiten wurde meistens erst gehandelt und dann verhandelt. Wachsam standen sich die Männer gegenüber.

„Ich bin Prinz Eisenherz. Wir kehren von langer Fahrt heim, wir wollen nach Thule. Wir reisen in Frieden." Der Anführer der Schweden antwortete: „Wir sind aus Gotland. Frieden könnt ihr haben. Im Tausch gegen dein schönes Schwert und gegen die goldene Halskette!" — „Komm und hol sie dir, wenn du tapfer bist!" Zu Bjorne, dem Schildknappen gewandt, flüsterte Eisenherz: „Renn zum Boot, rudere zu den anderen Schiffen, die Männer sollen sich beeilen." Die Gotländer griffen an, Eisenherz und seine erfahrenen Krieger schlugen den Angreifern tödliche Wunden. Aber sie waren in Gefahr, von der Übermacht umzingelt zu werden. Auf ein plötzliches Kommando von Eisenherz drehten sie sich um und liefen weg. Mit Triumphgeschrei nahmen die Schweden die Verfolgung auf, einer hinter dem anderen. Eisenherz und seine Männer blieben jetzt stehen. Die schnellsten Verfolger hatten das kürzeste Leben. Da versagten, vom Jagdunfall noch geschwächt, Prinz Eisenherz die Beine . . .

Um Prinz Eisenherz herum tobte der blutige Streit. Mit letzter Anstrengung versuchte er aufzustehen. Die Übermacht der Gegner zwang Eisenherz' Krieger zurück. Allein mußte er den Feinden standhalten. Jeder Schlag verdunkelte seine Sinne mehr und mehr. Wieder sank er nieder, zu schwach, seinen Schild zu heben. Gerade noch nahm er wahr, wie ein mächtiger Krieger eine blitzende Streitaxt zum tödlichen Schlag hochriß. Plötzlich steckte ein Pfeil in der Brust des Angreifers.

Eisenherz hatte schon den Todesstoß erwartet. Da hob ihn ein starker Arm auf, eine vertraute Stimme sagte: ,,Ich bringe Aleta deine Überreste als Souvenir. Frauen lieben Kleinigkeiten.“ Auf Sir Gawain gestützt, kehrte Prinz Eisenherz zurück. Aleta, Frau eines Kriegers, war Kummer gewohnt. Munter machte sie sich an die Arbeit, die grausamen Verletzungen zu verbinden. Und sie schimpfte wegen seines Leichtsinns. Aber am nächsten Morgen konnte ihr tränengetränktes Kissen von den Schmerzen erzählen, die sie erlitt, wenn er aus einem Kampf zurückkehrte.

Prinz Arne hatte Eisenherz' Reisetasche entdeckt. Er suchte sich Waffen aus, einen großen Dolch, einen kleinen Schild, sogar mit dem Singenden Schwert bewaffnete er sich. „Kein Schwede darf meinen Vater unbestraft verwunden! Ich werde Rache nehmen!" Heimlich verließ er das Schiff und schritt tapfer am Ufer aus. Noch nicht weit gekommen, wurde er von Gawain aufgehalten. „Arne, ich bewundere deinen Mut. Aber er wird dich nicht vor einem erwachsenen wilden Krieger mit einer großen Streitaxt schützen. Nur in den Märchen triumphiert die Gerechtigkeit immer über die Gewalt!" Gawain trug das große Schwert, das er dem kleinen Helden weggenommen hatte, als beide wieder zum Ankerplatz der Schiffe gingen. „Dein Vater hat Mut. Aber er bereitete sich lange mit Waffenübungen auf die Ritterschaft vor. Geh und frag ihn, wie er zu einem berühmten Ritter geworden ist." Den kleinen Zwillingen erklärte der große Bruder: „Vater wird mir erzählen, wie er zum großen Krieger wurde. Später werde ich an seiner Seite kämpfen und auch ein Ritter werden."

In den Tagen der Genesung wurde Prinz Eisenherz zum Erzähler.

Prinz Eisenherz erzählte seinen Kindern: »Fremde kriegerische Horden hatten das Königreich Thule überfallen. Mit der Hilfe von Sligon, einem Verräter aus den eigenen Reihen, eroberten sie auch die Königsburg. Mein Vater, König Aguar, mußte sein Land bei Nacht und Nebel verlassen.

Meine Mutter und ich und einige Getreue begleiteten ihn. Mit einem kleinen Schiff gelang die Flucht übers Meer, doch ich wußte, daß die Heimat nicht für immer verloren war. An Britanniens Küste strandeten wir. Mit den einheimischen Kelten wurde ein Abkommen geschlossen, und wir durften auf einer Insel im Sumpf unbehelligt leben. Als eines Tages meine Mutter starb, konnte mich nichts mehr halten. Ich übte mich im Waffenhandwerk, um bald die Insel verlassen zu können.

Eine zufällige Begegnung mit Ritter Lancelot von König Arthurs Tafelrunde bestärkte mich, auch ein Ritter zu werden. Doch ein Ritter braucht ein Pferd. Und wer kein Geld hatte, mußte sich ein wildes Pferd in den Dünen fangen. Das ist leicht gesagt. Als ich eine Herde entdeckt und mir ein Pferd daraus erkoren hatte, ließ es mich nicht nahe genug heran. Aus einer langen Lederschnur bastelte ich mir ein Lasso. Blitzschnell flog das Seil . . . und das Pferd war mir. Zuerst wollte es nicht in die Dienste eines Ritters treten. Ich klammerte mich an seinen Hals — und bald kannte ich das Gefühl, ein Reiter zu sein. Und mein Pferd gewöhnte sich daran, ein Reitpferd zu sein.

Ich ritt in die weite Welt, sie zu erobern. Eines Tages bekam ich Besuch, der sich nicht angemeldet hatte, aber sich zum Essen selbst einlud. Es war Sir Gawain von König Arthurs Tafelrunde. Während wir uns noch unterhielten, hatten sich ein Ritter und sein Knappe herangeschlichen. ,,Das ist Sir Negarth, der Raubritter!" rief Sir Gawain und griff zu seinem Schwert. Aber bevor er es ziehen und sich zum Kampf stellen konnte, hatte ihn der ehrlose Ritter mit seiner Keule niedergestreckt. Auch ein Stein kann einen Ritter schlagen — und meiner tat's! Bevor der Knappe in den Kampf eingreifen konnte, hatte ich ihn mit einem Pfeil außer Gefecht gesetzt.

Sir Gawain kam wieder zu sich. ,,Bei meinem Schwert", murmelte er, ,,an einem einzigen Tag treffe ich einen prinzlichen Küchenmeister, einen wackeren Beschützer und einen blutdürstigen Witzbold, der mit Steinen schmeißt."

Am anderen Morgen machten wir uns auf, unseren Gefangenen nach Camelot zu bringen.

Unterwegs begegneten wir entsetzten Bauern und Fischern, die in wilder Flucht ihr Dorf verlassen hatten. Sie flohen vor einem fürchterlichen Seedrachen, der die Gegend verwüstete.

Auf dem nächsten Hügel angekommen, hielten wir inne. Wir sahen eines der letzten riesigen Seekrokodile, die heute ausgestorben sind. Sir Gawain preschte los und griff das Ungeheuer an. Ich gab meinem Pferd die Sporen und stürmte ebenfalls los. Schon hatte das Tier mit einem Schlag seines mächtigen Schwanzes den Ritter zu Boden geschleudert. Ich warf mein Fischnetz über den gräßlichen Kopf des Scheusals. Das Biest wurde dadurch von meinem gestürzten Gefährten abgelenkt, es wendete sich jetzt unserem hilflosen Gefangenen zu. Noch rechtzeitig konnte ich Sir Negarths Fesseln durchschneiden. Statt zu fliehen kämpfte er wie ein Wahnsinniger gegen das ungeheuerliche Tier. Tapfer warf er sich in den Kampf und riskierte sein Leben für uns und die armen Bauern und Fischer. Endlich war es uns mit letzter Anstrengung gelungen, das Monster zu erschlagen.

Inständig bat ich Sir Gawain, den Gefangenen nun freizulassen. Doch weiter ging die Reise, dem fernen, sagenumwobenen Camelot entgegen.

Eines Tages, die Sonne ging gerade auf, erhob sich vor unseren Augen Camelot, die wunderbare Burg König Arthurs. Die Spitzen der Türme ragten bis in die Wolken. Ich war gebannt von diesem Anblick.

Beim Gericht über Sir Negarth traten viele Ankläger vor des Königs Thron. Aber keck ergriff ich das Wort und schilderte den Kampf mit dem Ungeheuer. Die Fesseln des Angeklagten fielen, ich hatte einen Freund gewonnen.

Am nächsten Tag bestimmte mich König Arthur zu Sir Gawains Knappe. Ich polierte gerade seine Rüstung, als in wildem Galopp ein Mädchen in den Hof sprengte. Sie hieß Ilene, kam von weither, und sie erzählte, ihre Eltern wären von einem bösen Ungeheuer gefangen gehalten. Gawain und ich beschlossen, unsere ritterliche Pflicht zu erfüllen — und einem schönen Mädchen zu helfen. So ritten wir hinaus, der Gefahr zu begegnen.

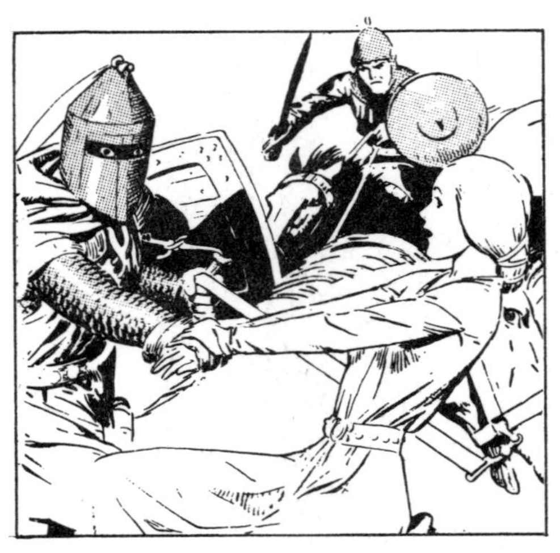

Unterwegs lauerte uns ein Ritter in roter Rüstung und in roten Gewändern auf. Er schlug Sir Gawain nieder. Dann griff er nach dem Mädchen, sie zu entführen. Ich zückte mein Schwert und stürmte los. Der rote Ritter war überrascht und lag dann im Gras.

Sir Gawain war schwer verletzt. Doch als ich ihm sagte, der rote Ritter würde niemals mehr jemanden belästigen, mußte er lachen. Ich brachte den Verwundeten in eine nahegelegene Einsiedelei, wo ihn Ilene gesund pflegen wollte.

Ich ritt weiter, erreichte spät die Burg und stieß ins Horn. Knarrend öffnete sich das Tor, eine Stimme krächzte: ,,Welcher Narr besucht das Ungeheuer von Sinstarwald?‘‘ Als aus dem Burghof ein Trupp Reiter heranstob, ergriff ich die Flucht.

In der Nacht fing ich im Burggraben eine Gans. Aus ihrer gelben Haut machte ich mir eine furchterregende Maske. Der Bösewicht herrschte durch die Angst, die er verbreitete. Ich wollte ihm mit gleicher Münze heimzahlen. Ich erklomm unentdeckt die Burgmauer,

Wild kreischend schwang ich mich an einem Seil ins Zimmer des Unholds.

Der Bösewicht war zu Tode erschrocken. Nach Atem ringend, sank er leblos zu Boden. Jetzt galt es, die Burg von seinen Kumpanen zu befreien. Unter dem Dach der Speisehalle wartete ich, mein Seil um die Hüften geknüpft. Als sich alle Strolche versammelt hatten, um grölend ihr Essen zu verschlingen und sich zu betrinken, flatterte ich über ihre Köpfe hin und her. Von Panik erfaßt, von Entsetzen geschüttelt, flohen die Schurken. Ich beobachtete, wie sie die verwunschene, von einem fliegenden Dämon besessene Burg hastig verließen. Auf der obersten Turmspitze saß ich wie der leibhaftige Totenvogel und verfolgte sie mit meinen Blicken.

„Das wäre geschafft", sagte ich, ganz zufrieden mit mir, und zog die fettige Gänsehaut-Maske aus.

Da schlichen sich zwei Gesetzlose, die sich versteckt gehabt hatten, an. Einer stürzte auf mich los, ich wich aus . . .

Der Angreifer fiel über die Brüstung. Ich ließ mich an meinem Seil hinab, schwang mich durch das Fenster in das untere Stockwerk. Unverhofft sah ich mich dem anderen Schurken gegenüber. Er hob die Axt, und ich hatte nur mein Seil. Der brutale Riese trieb mich auf das Dach. Das Seil verfing sich an einem Fenstergitter. Verzweifelt versuchte ich, das Seil von meinem Gürtel zu lösen. Mein Todfeind kam immer näher. Ich sprang in die Tiefe und riß den Riesen mit.

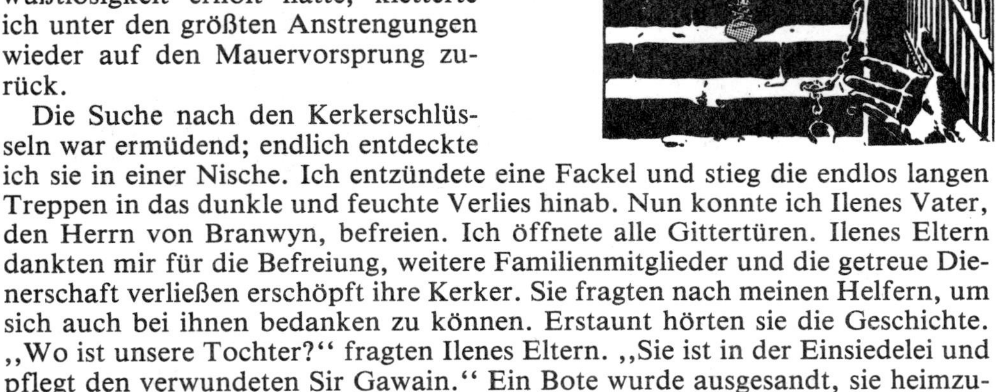

Nachdem ich mich von meiner Bewußtlosigkeit erholt hatte, kletterte ich unter den größten Anstrengungen wieder auf den Mauervorsprung zurück.

Die Suche nach den Kerkerschlüsseln war ermüdend; endlich entdeckte ich sie in einer Nische. Ich entzündete eine Fackel und stieg die endlos langen Treppen in das dunkle und feuchte Verlies hinab. Nun konnte ich Ilenes Vater, den Herrn von Branwyn, befreien. Ich öffnete alle Gittertüren. Ilenes Eltern dankten mir für die Befreiung, weitere Familienmitglieder und die getreue Dienerschaft verließen erschöpft ihre Kerker. Sie fragten nach meinen Helfern, um sich auch bei ihnen bedanken zu können. Erstaunt hörten sie die Geschichte. „Wo ist unsere Tochter?" fragten Ilenes Eltern. „Sie ist in der Einsiedelei und pflegt den verwundeten Sir Gawain." Ein Bote wurde ausgesandt, sie heimzuholen.

Sie kam durch den lichten Frühlingswald geritten. Ilene strahlte und winkte uns von weitem glücklich zu. Gerührt schlossen ihre Eltern sie in die Arme. Wir erkundigten uns nach dem Gesundheitszustand von Sir Gawain. „In wenigen Tagen wird er genesen sein."

Ich freute mich, ihn bald wiederzusehen.

Das waren die ersten Abenteuer auf meinem Weg zur Ritterschaft. Ich könnte euch noch andere Abenteuer berichten. Aber nun ist es genug für heute. Es wird höchste Zeit, daß ich aufstehe und meinen Pflichten nachgehe.

Wer das von Prinz Eisenherz erzählte Abenteuer ausführlich erleben will, der lese es im ersten Band unserer Reihe, im Teil „In den Tagen König Arthurs"

Die Vertäuung der Langschiffe wurde gelöst, die Ruder ausgelegt. Prinz Eisenherz stand auf und atmete tief durch. Auf dieser Reise war er zweimal verletzt worden. Er ließ in der kühlen Brise seine Muskeln spielen und machte ein paar leichte Übungen. Dann wandte er sich wieder dem Umgang mit den Waffen zu. Auch Prinz Arne begann, die gefährlichen Streitäxte zu handhaben. Der kleine Prinz lernte manchmal auf schmerzhafte Weise die scharfen Waffen kennen.

Prinz Eisenherz beruhigte die aufgeregte Mutter: ,,Olaf ist ein geübter Krieger, der geschickt mit Waffen und mit dem Verbandszeug umzugehen weiß.

Einen Tag lang hatten sich die Schiffe durch das seichte Küstenwasser gearbeitet. Unter fröhlichen Rufen und lautem Gesang setzten die Männer die großen ledernen Segel. Sie hatten endlich wieder die offene See unter dem Kiel.

Am Abend wurden die Schiffe auf der letzten Insel vor der Fahrt über die Ostsee auf Sand gesetzt. Die Wikinger wollten die erfolgreiche Durchquerung des Ostlandes feiern. Und sie hatten eine Überraschung für Prinz Eisenherz. Über eine Erdrampe zogen sie einen riesigen Stein. Sie ließen ihn vorsichtig in ein Loch gleiten, das sie ausgehoben hatten. Nach Wikinger-Art hatten sie Runen in den Stein gemeißelt, die von den Abenteuern erzählten, die sie auf dem Weg vom Schwarzen Meer zur Ostsee erlebt hatten. Die Erdrampe wurde entfernt — und jetzt durften Prinz Eisenherz und Aleta ihr Werk bestaunen. Dann begann das fröhliche Fest.

Am nächsten Tag wurden die Waffen in Ordnung gebracht, die Schiffe überholt und wieder in Kampfbereitschaft versetzt. Die Beute wurde gerecht verteilt.

Sie fuhren bis zur gefährlichen Meerenge zwischen den flachen Stränden Dänemarks und der felszerklüfteten Küste Scandias. Nur wenige Schiffe kamen heil durch diese Wasserwildnis. Plötzlich entdeckten sie drei Schiffe, die sie verfolgten. Prinz Eisenherz ließ seinen Schild als Zeichen des Friedens hochziehen.

Vorsichtig näherten sich die fremden Schiffe. Prinz Eisenherz hatte solche Schiffe schon in Irland gesehen. Deshalb mußten das — von weither kommend — die gefürchteten Scotti-Räuber sein. Vergnügt rief Prinz Eisenherz den sich nähernden Schiffen entgegen: „Versucht der gute Patrick immer noch, euch sturen irischen Köpfen die Christenlehre einzuhämmern?"

Die Iren erkannten den Prinz von Thule, den Freund des Heiligen Patrick. Prinz Eisenherz hatte Rory MacColm auf Rock Cashel im Zweikampf besiegt. Ein rotschopfiger Ire erwiderte die ungewöhnliche Begrüßung des Prinzen: „Wir möchten ebenso wie ihr Frieden! Wollen wir uns auf dieser gefährlichen Reise zusammenschließen?" Prinz Eisenherz und seine Mannen waren mit diesem Vorschlag einverstanden. Sie wußten, was vor ihnen lag.

Die zwei Langschiffe von Prinz Eisenherz und die drei Boote der irischen Seeräuber bezwangen die gefährliche Meerenge zwischen Dänemark und Scandia. Und kein Feind wagte, sich ihnen zu nähern.

Als die fünf Schiffe Dänemark ohne Zwischenfall umrundet hatten und in die Nordsee fuhren, verkündete Sir Gawain: ,,Die Stunde des Abschieds naht, Prinz Eisenherz. Ich muß nun wieder zurück an König Arthurs Hof. Die Scotti-Räuber werden mich an der Südküste Britanniens absetzen.“ Prinz Eisenherz, Aleta und die Wikinger wollten nach Norden, heim nach Thule segeln.

Das Umsteigen von Schiff zu Schiff auf hoher See war nicht so einfach. Peter, der ungelenke Knappe Sir Gawains, nahm dabei ein Bad. Das Gepäck Sir Gawains konnte nur mit Hilfe der Wikinger aus dem Wasser gefischt werden. Während Peter an Bord der Iren die Kleider seines Herrn auswrang, hörte er hinter sich eine Stimme flüstern: ,,Peter, heh, Peter, alter Freund! Erinnerst du dich? Ich bin dein alter Freund Jex.“

Ein zerlumpter Sklave, an ein Ruder gekettet, rief: „Peter! Ich bin Jex. Peter, hilf mir!“ Ein tränenreiches Wiedersehen zweier alter Freunde. Auf den Knien flehte Peter: „Laßt Jex frei! Er ist mein Freund.“ Aber der Kapitän ließ sich nicht rühren. Mit harter Stimme antwortete er: „Sklaven gibt man nicht her. Man verkauft sie.“ Alles Bitten half nichts. Peter, schon verzweifelt, fragte mit dem gewinnendsten Lächeln nach dem Preis des Handelsobjekts. „Zwölf Goldmark!“ „Was“, schrie er, „zwölf Goldmark für dieses Knochengerüst? Der war doch noch nie etwas wert. Ich kenne den — einen größeren Idioten gibt's gar nicht. Zwei Mark gebe ich!“

Peter hatte seinen Sold von Prinz Eisenherz erhalten. Zum erstenmal in seinem Leben verfügte er über ein Vermögen. ,,Na ja'', seufzte er, ,,ich bin es nicht gewöhnt, Geld zu haben. Und Jex ist mein Freund.'' Peter zahlte zwölf Goldmark. Gawain sah zu. ,,Eisenherz hat auch mal sein Vermögen gegeben, mich auszulösen. Eine ritterliche Geste. Wer hätte solch edle Regung im Herzen eines Dieners erwartet.'' ,,Wir werden Euch treu dienen, Herr! Ein Leben lang. Jex ist fast so geschickt wie ich.'' Sir Gawain war erschrocken. Er, der edelste und schönste Ritter, gestraft mit zwei Tolpatschen! Gawain wurde allerdings auch beneidet — Peter war ein vorzüglicher Koch.

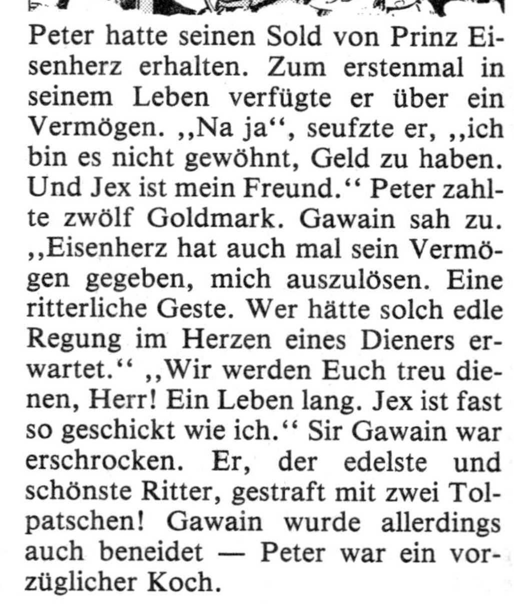

Peter und sein alter Freund Jex saßen stundenlang auf Deck, putzten gewissenhaft Gemüse, angelten nach schmackhaften Fischen im Meer, erbettelten vom Schiffskoch Fleisch und ausgefallene Spezereien und Kräuter. Und selbst wenn den beiden Köchen die eine oder andere Zutat fehlte, gelang es ihnen mit viel Geschick, ihrem verwöhnten Herrn ein schmackhaftes Mahl zu bereiten. Kein Wunder, daß Sir Gawain um die beiden beneidet wurde. Oh, welche Düfte zogen über das Deck, wenn die Speisen für Sir Gawain auf dem Feuer schmorten. Dem edlen Ritter lief das Wasser im Mund zusammen, kaum konnte er das

Auftragen der Speisen erwarten . . . Doch von der Hand in den Mund führen viele Wege.

Wann immer auf der langen Reise fremde Segel am Horizont auftauchten und Gefahr dräute, Peter und Jex standen fest hinter ihrem Herrn. So vergingen die Tage in Ruhe und Sicherheit.

Die südliche Küste Britanniens war erreicht. Sir Gawain betrat aufrechten Ganges das Land — so wie es seine Art war. Sein Knappe und sein Diener gingen auch von Bord — jeder auf seine Art.

Mit betrübtem Blick, sich nicht lange aufhaltend, sich nicht umdrehend, entfernte sich Sir Gawain.

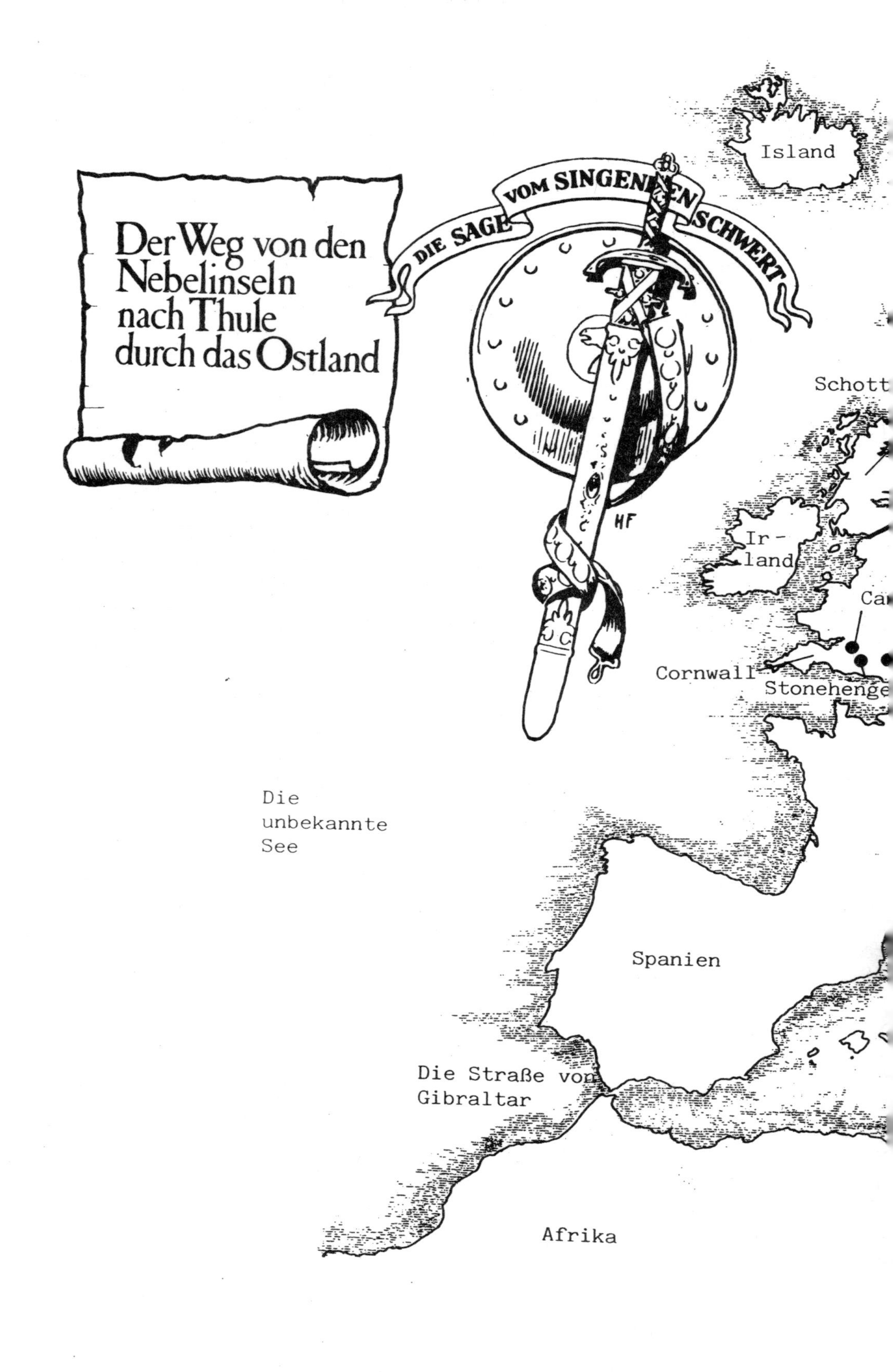

Der Weg von den Nebelinseln nach Thule durch das Ostland
DIE SAGE VOM SINGEN
EN SCHWERT
HF
Island
Schott
Ir-land
Ca
Cornwall
Stonehenge
Die unbekannte See
Spanien
Die Straße von Gibraltar
Afrika

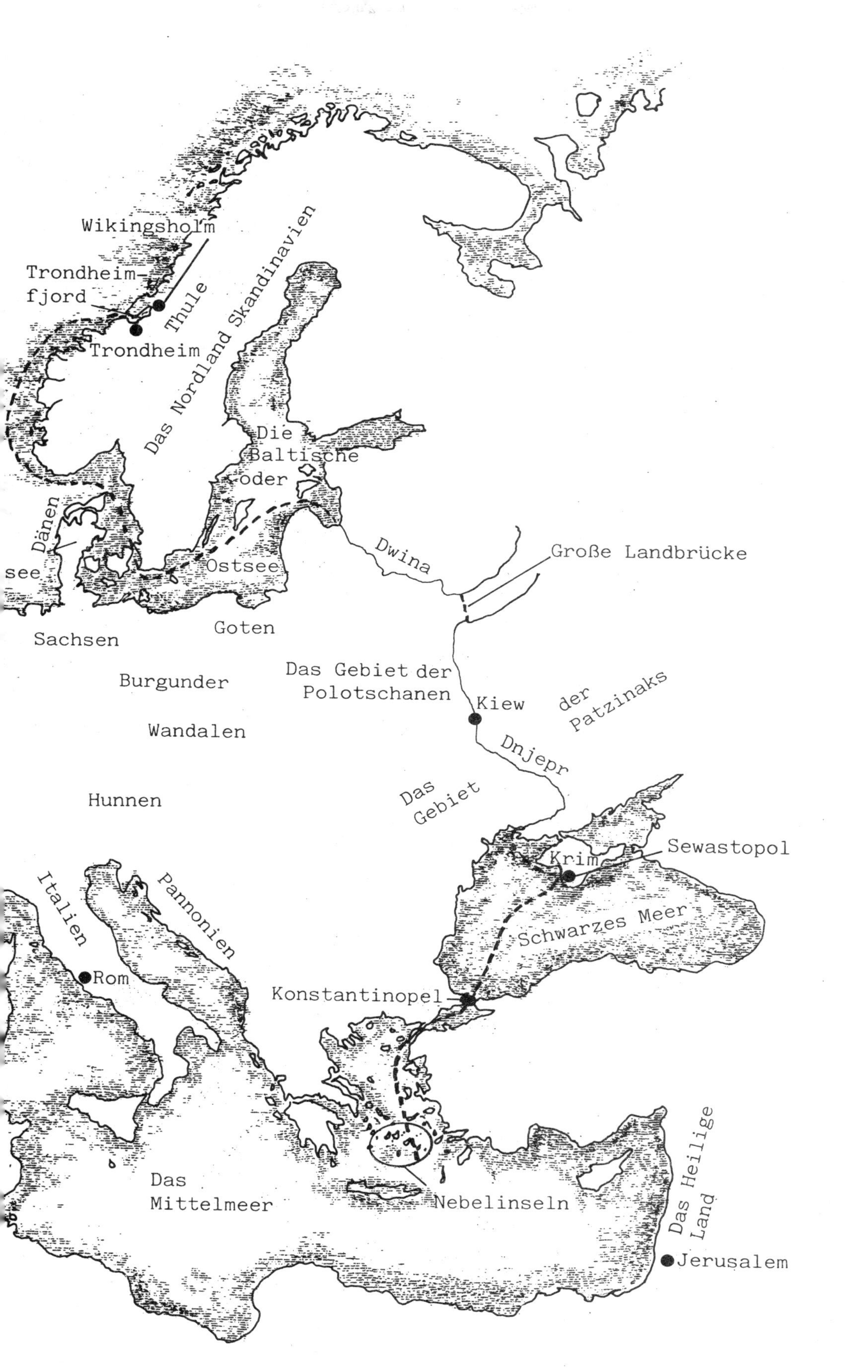
Wikingsholm
Trondheim-
fjord
Thule
Trondheim
Das Nordland Skandinavien
Die
Baltische
oder
Ostsee
Dänen
see
Dwina
Große Landbrücke
Sachsen
Goten
Burgunder
Das Gebiet der
Polotschanen
Kiew
der
Patzinaks
Wandalen
Dnjepr
Das
Gebiet
Hunnen
Sewastopol
Krim
Italien
Pannonien
Schwarzes Meer
Rom
Konstantinopel
Das Heilige
Land
Das
Mittelmeer
Nebelinseln
Jerusalem

Die beiden Langschiffe mit Prinz Eisenherz, Aleta, ihren drei Kindern und den Wikingerhelden segelten nach Norden. Sehnsuchtsvoll von allen erwartet, ragten dann aus der Brandung schroffe Felsen und wolkenverhangene Berge in die Höhe. Die erhabene Küste Thules zog vorüber. Ihre ehrfurchtgebietende Pracht weckte Legenden und Sagen von Gespenstern und Helden, Riesen und Sturmgöttern.

Die Heimat war nah, die Herzen schlugen schneller vor Freude.

Manchmal auch vor Aufregung. Prinz Arne nahm seine Übungen sehr ernst. Seine Muskeln wurden kräftiger, und bald gab es nichts mehr, was er unentdeckt lassen konnte. So verlief die Reise durch die Nordsee ohne Zwischenfälle und Abenteuer — aber manchmal nicht ohne Angst.

Prinz Eisenherz stellte fest, daß es nicht so einfach ist, Vater zu sein. Der Ausflug des kleinen mutigen Prinzen, den Mastbaum empor, dem Himmel entgegen, ängstigte ihn genauso wie die Mutter. Arne jedoch, der schon fast den Mut seines Vaters besaß, kletterte sicher an Deck zurück.

Über den Heimkehrenden leuchtete der Nordstern am Firmament. Die Nacht war nur eine kurze Weile Zwielicht zwischen Dämmerung und Morgengrauen eines langwährenden Tages.

Die Männer auf den Schiffen wurden emsig. Die Decks wurden geschrubbt, die Waffen poliert und die glänzenden Schilde längs des Dollbords angebracht. Die Schiffe wurden vom Meer in die breite Mündung des Trondheimfjords gerudert. Zahlreiche Signalfeuer auf den Bergspitzen kündeten von der Heimkehr der Langersehnten.

Schon vor Sonnenaufgang standen Prinz Eisenherz und Aleta am Bug des Schiffes. Die Ruderer legten sich kräftig in die Riemen. Am Ende des Fjords, an dem Zusammenfluß dreier Ströme, sahen sie eine Gruppe, sie zu empfangen.

Aguar, der einsame König, der Vater von Prinz Eisenherz, trat an den Saum der Brandung, seinen langvermißten Sohn und dessen Familie zu umarmen. Die Zugbrücke sank hernieder, die Tore der alten, trutzigen Burg Wikingsholm öffneten sich. König Aguars wachsende Familie und ihre treuen Gefolgsleute zogen unter Jubel in die Burg ein.

König Aguar nannte seine Schwiegertochter zwar oft ,,blondes Plappermäulchen'', aber wenn wichtige Staatsgeschäfte zu besprechen waren, hörte er gern auf die Ratschläge der klugen Aleta.

Der Aufruhr im Herzen einiger mißmutiger Nachbarn schwand, wenn Aleta auf ihren prächtigen Festen ihre Gäste königlich bewirtete.

Mit seinen alten Freunden Rufus Regan und Jarl Egil ging Eisenherz fischen und jagen, als ob ihn sonst nichts auf der Welt kümmerte.

Prinz Arne war den Kinderschuhen entwachsen. Er besaß die Energie und den Mut seines Vaters.

Ende des Sommers ritten der König und Prinz Eisenherz aus, die Ernte zu begutachten. ,,Schau'', sagte König Aguar, ,,die Schiffe werden schon auf das Überwintern vorbereitet. Noch vor Frühlingsanfang werden unsere Leute hungern. Doch sie werden nicht die vertraute Küste verlassen. Mein Sohn, wir brauchen Ackerland, um unser Volk zu ernähren.''

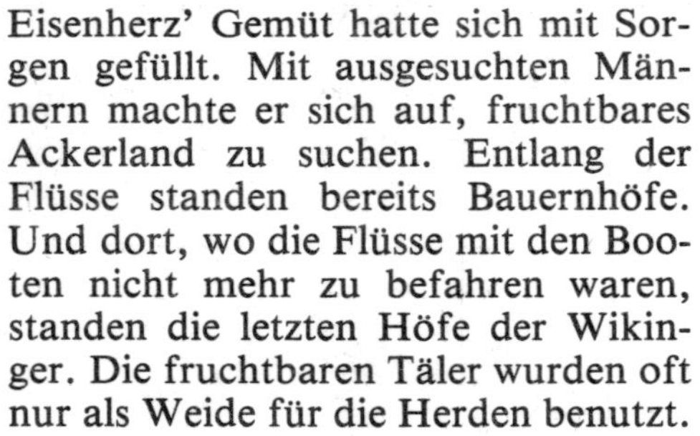

Eisenherz' Gemüt hatte sich mit Sorgen gefüllt. Mit ausgesuchten Männern machte er sich auf, fruchtbares Ackerland zu suchen. Entlang der Flüsse standen bereits Bauernhöfe. Und dort, wo die Flüsse mit den Booten nicht mehr zu befahren waren, standen die letzten Höfe der Wikinger. Die fruchtbaren Täler wurden oft nur als Weide für die Herden benutzt.

Prinz Eisenherz hatte genug fruchtbares Land entdeckt, nur Wege und Straßen fehlten. Fische und Wild gab es hier in Hülle und Fülle. Der klare Herbst hatte die Blätter der Bäume golden gefärbt. Den Teilnehmern der Expedition schien es, als hätten sie Ferien.

Abends am Lagerfeuer fragte Eisenherz: „Was erregt deine Aufmerksamkeit, mein Sohn?" „Dieser Berg dort, Vater. Ich muß ihn bezwingen!" „Gut", rief Eisenherz, „ich werde morgen früh alles vorbereiten." Arne blickte seinen Vater ernst und fest an. „Das ist mein Abenteuer, Sir. Ich gehe allein!" „Es ist nicht gut, eine solche Reise allein zu unternehmen", riet der besorgte Vater und hoffte, als Begleiter gewählt zu werden. Doch Arne bestimmte den Jäger Garm, mit ihm dieses Abenteuer zu bestehen.

Arne sah sehr klein aus, als er ging, seinen Berg zu erobern. Prinz Eisenherz sah ihm lange nach und dachte: „Wie ein junger Adler, der seine Flügel erproben will."

Den ganzen Tag waren Arne und Garm aufgestiegen. Durch das Tal, die immergrünen Wälder. Am Abend hatten sie die Almen unterhalb der Felsen erreicht. Garm hatte Prinz Arne gezeigt, wie man Schlingen legt und Fallen stellt. Am Lagerfeuer erzählte Garm wundersame Geschichten von wilden Bergklüften und finsteren Wäldern, welche Gefahren drohen und wie man ihnen begegnet. Über den beiden Bergsteigern reckte sich der Gipfel im Licht der Sterne.

Beim ersten Morgengrauen wurde Arne geweckt. ,,Guten Morgen, junger Herr! Es gibt viel zu tun, ehe wir weiter aufsteigen können.'' Nach dem Frühstück schlichen sie sich an einen Baum heran; Garm flüsterte: ,,Wenn die Bäume kahl sind, sitzen die Fasane oben in den Wipfeln. Zielt genau und schießt schnell.''

Auch in den Fallen hatte sich Beute gefangen, die Arne ausnehmen mußte. Da wünschte er sich, daß Garm nicht so ein guter Jäger wäre. In einem Versteck ließen sie einen Vorrat an Nahrungsmitteln für den Rückweg zurück. Dann begann am Gletscherstrom entlang der Aufstieg. Das Tal verengte sich zur Schlucht. Auf einer Eisbrücke überquerten sie das Wasser.

Auf einem Felsvorsprung machten sie Rast. „Wir lassen Gepäck und Waffen zurück, junger Herr. Von jetzt an ist die einzige Gefahr die Unaufmerksamkeit.“ Kurz vor dem Gipfel ballten sich dunkle Wolken über ihnen zusammen. Lange mußten sie warten, bis sich die Wolken verzogen hatten.

Erobert! Der kleine Bergsteiger stand auf dem Gipfel, hoch über den Adlern. Sein Gesicht leuchtete triumphierend, als er auf die sonnenbeschienene Welt unter sich herabschaute.

Arne wendete sich um, sein Stolz schwand. Wie von einer großen Hand beiseite geschoben, hatten sich die Wolken geteilt — und über ihnen türmte sich ein noch größerer und gewaltigerer Berg. ,,Kommt, junger Herr", sagte Garm ruhig, ,,wir müssen vor Einbruch der Dunkelheit wieder unten im Tal sein. Kommt jetzt!"

Arne hatte sich angestrengt. Garm beobachtete besorgt den Jungen und das drohende Wetter. Als sie eine Ruhepause einlegten, fielen die ersten Schneeflocken. Es war fast dunkel, als sie den Felsvorsprung erreichten, wo sie Gepäck und Waffen zurückgelassen hatten. Garm wußte, daß es gefährlich war, im Berg zu übernachten. Aber der Abstieg wäre noch gefährlicher gewesen.

Mit wachsender Sorge hatte Prinz Eisenherz verfolgt, wie die grauen Wolken den Berg eingehüllt hatten. Als Regen vom Himmel fiel, konnte er nicht länger warten. Er brach auf, um seinen Sohn und Garm zu suchen. Bald war es zu dunkel, weiterzuklettern.

Der Tag war angebrochen, die Gefahren der Nacht waren vorüber. Arne und Garm packten ihre Ausrüstung zusammen. „Wir haben noch einen gefährlichen Weg vor uns", sagte Garm, „wir werden unsere Ausrüstung in eine Decke schnüren, ins Tal werfen und sie später holen." Über den Fels gebeugt, gewahrte Garm Prinz Eisenherz. Schnell legte dieser den Finger auf die Lippen. „Warum wolltet Ihr, junger Herr, denn Euren Vater nicht dabei haben?" „Vater schafft alles. Ich habe in seinem Schatten gelebt. Jetzt will ich selbständig werden."

Unbemerkt stieg Prinz Eisenherz den Berg wieder hinab und ging zurück ins Lager. ,,Ich hatte doch recht'', murmelte er, ,,mein junger Adler erprobt seine Flügel.''

Abends taumelte ein kleiner, übermüdeter Wanderer ins Lager. ,,Na, mein Junge, hast du deinen Gipfel erklommen?'' ,,Ja, mein Vater. Es war sehr schön, auf die Welt unter mir zu blicken. Und ich war glücklich. Aber hinter meinem Berg war ein noch viel größerer Berg'', sagte Prinz Arne leise. ,,Was immer man tut, es gibt immer noch etwas Größeres, das auf einen wartet, das dann auch noch bewältigt werden muß.'' ,,Er hat das Zeug zu einem König'', flüsterte Garm Prinz Eisenherz zu. Dieser strahlte vor Glück; das war einer seiner stolzesten Augenblicke. — Nach der erfolgreichen Suche nach fruchtbarem Land für das Volk von Thule führte Prinz Eisenherz die Expedition wieder nach Hause. Straßen müßten gebaut werden — und Brücken. Doch in Thule gab es keine Brückenbauer. ,,Wir werden Fachleute aus Rom oder aus Britannien kommen lassen'', überlegte Prinz Eisenherz.

Nach der erfolgreichen Bergbesteigung gingen große Veränderungen in Arne vor. Er trottete nicht mehr neben seinem Vater her. Zusammen mit Garm schlug er eigene Wege ein. Er lernte, wie hart das Leben eines Jägers ist. Oft mußten der große alte und der kleine junge Jäger weit laufen, um die Beute aufzuspüren. Manchmal kehrten sie erst kurz vor Mitternacht beim Schein des Feuers ins Lager zurück. Prinz Eisenherz mußte es sich abgewöhnen, dauernd in Furcht und Angst um seinen einzigen Sohn zu bangen. Und in Garm hatte Arne ja einen guten und zuverlässigen Lehrer.

Arne wußte bald Schlingen zu legen und Fallen zu stellen. Und einmal zeigte ihm Garm sogar, wie man mit einem wilden großen Bären umgeht, ohne sich selbst in Gefahr zu begeben. Garm reizte den Braunpelz und ließ ihn sich dann selbst ins eigene Verderben stürzen — in die bereitgehaltene Lanze.

Nun mußte auf der Rückreise nach Wikingsholm ein Stück flußabwärts in den Booten zurückgelegt werden. Wie selbstverständlich übernahm Arne die Führung des zweiten Bootes. Prinz Eisenherz beobachtete seinen geschickten Sohn mit Stolz — und auch mit Trauer. Nie wieder würde Arnes kleine schmutzige Hand hilfesuchend nach der seinen greifen. Zu Hause angekommen, nahm Eisenherz Aleta fest in seine Arme. „Warum müssen Kinder so schnell erwachsen werden? Unser Sohn braucht mich nicht mehr.“

Da erscholl freudiger Lärm. Es war Graf Jon mit einigen Kriegern. „Seid gegrüßt, Prinz", dröhnte der Graf, „Ihr und Eure schöne Frau müßt auf mein Gut kommen. Wir wollen eine große Jagd veranstalten. Nicht nur aus Spaß; wir müssen Wintervorräte anlegen." Eine muntere Gesellschaft verließ Burg Wikingsholm. Am Fjord angekommen, gingen alle an Bord eines Segelschiffs. Im nächsten Fjord stand die Festung von Graf Jon.

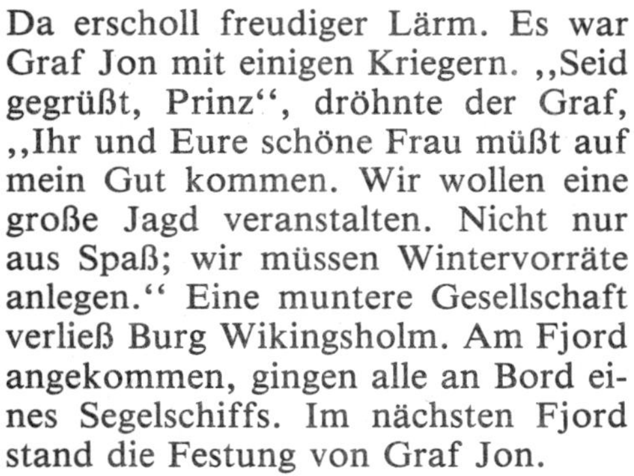

Jon hatte seine Burg vergrößert, Aleta bekam diesmal ein Zimmer für sich allein. „Ich freue mich, daß wir hier sind“, sagte sie zu Katwin. Sie konnte nicht wissen, was ihr bevorstehen würde.

Schnee bedeckte bereits die Berge und trieb das Wild in das Tal. Jon führte eine ausgelassene Gesellschaft an. Aleta nahm auch an der Jagd teil: Sie war ein flinker und treffsicherer Jäger, eine heitere Diana, die Göttin der Jagd.

Welch ein Gegensatz zu der düsteren Stimmung im Nachbartal. Hier hatte man die Ernte versäumt, während man auf Raubzügen war.

Die Männer wußten sich keinen Rat, ihre Lage schien ohne Ausweg. Was sollten sie tun? Gunnar Freysson knurrte: „Unsere Schiffe sind schon winterfest. Es würde Wochen dauern, sie wieder flott zu machen. Während der Fahrt könnte uns ein Wintersturm überfallen, und wir alle würden jämmerlich auf See erfrieren."

„Wie wäre es mit einem Raubzug zu Lande?" schlug Gunnars Sohn Helgi vor. „Sehr gut! Wir werden übers Gebirge gehen und Graf Jon überraschen. Wenn wir keine Zeugen zurücklassen, wer sollte uns dann verdächtigen?"

Böse, gutbewaffnete Männer stiegen den Berg hinauf, während im jenseitigen Tal auf der Burg von Graf Jon Aleta zu Katwin sagte: „Welch ein herrlicher Tag. Ich bin glücklich und erschöpft."

Dieser Tag war erfolgreich gewesen, hatte allen Jägern Freude gemacht. Die Vorratskammern füllten sich langsam. Nach einer kurzen Nacht sprang Prinz Eisenherz noch vor dem Morgengrauen aus dem Bett. Er konnte es kaum erwarten, wieder auf die Jagd zu gehen. „Jage ohne mich", murmelte Aleta schläfrig, „ruf mich erst zur Falkenjagd, wenn die Vögel die ganze Arbeit tun."

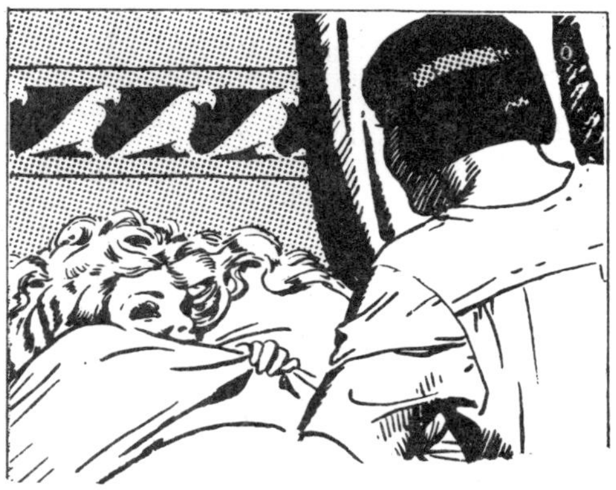

Graf Jon, Prinz Eisenherz und alle Krieger verließen voller Jagdfieber die Burg. „Wotan meint es gut mit uns“, freute sich Jon, „wir werden mit reicher Beute wieder zurückkehren.“

Währenddessen näherten sich die unbarmherzigen Räuber der Burg, die schutzlos vor ihnen lag.

Gunnar hielt seine ungeduldigen Leute zurück. ,,Warten wir, bis die Jäger außer Rufweite sind.‘‘

Aleta erwachte, sie verlangte nach einem Bad. Während das parfümierte Wasser in die Wanne plätscherte, tönte Lärm aus dem Hof, die Stimmen vieler Männer, wütende Kommandos, eine Frau schrie auf. ,,Gib mir meinen Umhang, Katwin. Das scheint ein Überfall zu sein!‘‘

Schritte ertönten auf der Treppe, der Vorhang wurde beiseite gerissen. Ein Bewaffneter stürmte in den Raum! Sein häßliches Gesicht verzerrte sich zu einer Grimasse, als er die beiden Frauen sah. Aleta, Verachtung im Blick, befahl mit autoritätsgewohnter Stimme: ,,Raus hier! Die Gemächer einer Königin zu überfallen, wird mit dem Tode bestraft!" Das Grinsen des Räubers erstarrte. Er stolperte die Treppe hinunter. Das waren keine furchtsamen Dienerinnen. Ob diese Frau wirklich . . . Die Halle war schon geplündert; Schätze und Vorräte wurden auf den Hof getragen. ,,Da oben ist eine Königin!" ,,Ach was", murrte Gunnar Freysson, ,,hier gibt es keine Königin. Hol die Frau runter!" ,,Da, sieh doch selbst!" Der Räuber wies zur Treppe hin.

Eine majestätische Frauengestalt stieg die Treppe hinunter in die Halle. Obwohl ihr schönes Goldhaar — naß vom Bad — unter einem Handtuch versteckt war, konnte es keinen Zweifel geben. Das war eine richtige Königin! Scheinbar ruhig schritt sie zwischen den Kochstellen und den Schlafplätzen der Krieger von Graf Jon einher. Voller Verachtung herrschte sie Gunnar Freysson an: „Du hast einen glorreichen Sieg über wehrlose Frauen, unschuldige Kinder und alte Diener errungen. Wirst du auch so tapfer sein, wenn du Prinz Eisenherz gegenüberstehst?“ Sie zeigte zur offenen Tür.

Aleta griff schnell zu einem brennenden Holzscheit und warf es unbemerkt in eines der Betten. Als die Männer sich wieder umdrehten, brannte die Matratze bereits lichterloh. Gefangen zwischen dem Feuer und Gunnars Schwert fragte sich Aleta, wie lange sie wohl noch zu leben hätte.

Keiner hatte sich mehr auf die Jagd gefreut als Prinz Eisenherz. Aber er vermißte die fröhliche Aleta. Von einem Hügel blickte er sehnsuchtsvoll zurück.

Er riß sein Pferd herum, stürmte unerschrocken zu Tale. Laut schrie er den Männern zu: „Feuer, Feuer!“

Kornspeicher, Lagerhäuser und Schatztruhen waren ausgeräumt. Die Räuber beluden sich und das Vieh und machten sich eilig auf den Heimweg.

Eisenherz war in Angst und Sorge um seine Aleta. Er war noch zu weit entfernt, um Einzelheiten erkennen zu können, und während er den Berg hinabstürmte . . .

. . . sperrte Gunnar die Königin und ihre Zofe in das brennden Haus. Katwin goß ihrer Herrin Wasser übers Haar, um es vor den Flammen zu schützen. Mit einem Eichenbalken versperrte der Bösewicht die Tür. So würde kein Zeuge seine Missetaten überleben.

Aleta gab sich nicht ihrem Schicksal hin. „Katwin, nimm die Ketten und Feuerhaken mit! Schnell!“ Bei sengender Hitze und beißendem Qualm versuchten die beiden Frauen, den schweren Balken wegzuheben.

Prinz Eisenherz näherte sich in rasendem Galopp; wohl sah er das Feuer, aber nirgends ein Lebenszeichen. Und während sich sein Gemüt mit Bangnis füllte . . .

. . . war es den Frauen gelungen, das Tor zu öffnen. Prinz Eisenherz fand seine Gemahlin mit ihrer Zofe im Pferdetrog.

Prinz Eisenherz dankte dem Schicksal, daß seine Frau dem Tode entronnen war. Andere hatten ein bitteres Los zu beklagen. Graf Jon faßte sich als erster: ,,Holt Eimer und Äxte! Wir müssen das Feuer bekämpfen!“ Die Scheunen neben dem Haupthaus wurden eingerissen, um ein Übergreifen des Feuers zu verhindern. Von den Schiffen wurden die großen Ledersegel geholt, über die Dächer gebreitet und mit Wasser begossen. Am Nachmittag kündeten nur noch rauchende Trümmer von dem einst stolzen Haupthaus der Burg. Alle schworen furchtbare Rache. An wem aber sollten sie sich rächen?

Gundar Harl hinkte in den Burghof. ,,Ich habe alles vom Schiff aus beobachtet. Ich hörte Frauen schreien, sah die Flammen. Die Kerle zogen sich schwer beladen in die Berge zurück.“ ,,Stoßt ins Horn, versammelt alle Krieger!“ rief Graf Jon, ,,hinter den Bergen lebt Gunnar Freysson!“ ,,Wartet“, meinte Eisenherz, ,,Gunnar und seine Räuber müssen die ganze Nacht übers Gebirge marschieren. Wir werden auf dem Wasserweg zu ihrem Schlupfwinkel segeln und sie dort erwarten.“ — Gundar Harls Schiff lief in die dunkle, schäumende See aus.

Die Männer gingen an Land, Prinz Eisenherz ließ zuerst die Frauen und Kinder aus dem Fort in Sicherheit bringen. Hinter den Palisaden versteckt, wurde die Ankunft der Räuber erwartet. Völlig erschöpft ergaben sie sich kampflos. Alle, bis auf Gunnar und seinen Sohn Helgi. Sie wollten kämpfend sterben, zogen ihre Schwerter. Schnell und barmherzig schlug Eisenherz seine Gegner. Nach diesem Blutbad konnte er kaum seine Männer von einem Gemetzel abhalten. „Halt!" rief er, „diese Männer müssen das wieder aufbauen, was sie zerstört haben!"

Eisenherz beschwichtigte den zornigen Jon: „Was nützt das sinnlose Töten hilfloser Gefangener? Sie führten nur die Befehle ihres Anführers aus." Die Gefangenen trugen ihren Raub auf das Schiff von Gundar Harl. Unter Bewachung mußten sie in den Bergen alle Kisten und Bündel, die sie verloren hatten, aufsammeln. Gundar, der arme verkrüppelte Schiffbauer und Kapitän, wurde von Prinz Eisenherz belohnt: „Im Namen des Königs, meines Vaters, gehören dir von nun an Hof und Ländereien von Gunnar Freysson."

Die gefangenen Räuber wurden zu Jons Burg gebracht. Hier mußten sie Bäume fällen und zuschneiden, Felsen aus den Bergen brechen und zu Mauersteinen schlagen. Niemals zuvor hatten sie so hart arbeiten müssen.

Sie schufteten so schwer, daß noch vor Anbruch des Winters Jons Haupthaus wieder bezogen werden konnte.

Aleta, die nicht länger an der Stätte des Grauens weilen wollte, war schon nach Wikingsholm heimgekehrt. Bald traf auch Prinz Eisenherz ein und schloß seine Gemahlin glücklich in seine kräftigen Arme.

Aleta hatte Eisenherz angefleht: ,,Arne ist beim König. Unser Sohn schlägt ihm ein waghalsiges Unternehmen vor. Bitte, halte ihn davon ab!" Arne trug entschlossen sein Anliegen vor: ,,Hoheit, lieber Großvater, die von meinem Vater entdeckten fruchtbaren Täler sind ohne Straße wertlos. Garm und ich möchten die künftige Straße erkunden." Der König gab zu bedenken: ,,Arne, der Winter steht bevor. Die Bergspitzen sind schon schneebedeckt. Außerdem lauern in der Wildnis viele Gefahren." Der kleine Prinz an den Vater gewandt: ,,Als künftiger Befehlshaber über viele Männer muß ich mich erst selbst bewähren. Dieses Unternehmen ist eine gute Gelegenheit." Prinz Eisenherz ermahnte seinen Sohn, vorsichtig zu sein und Gefahren zu meiden. Und er erinnerte sich, von seinem Vater einst ähnliche Ratschläge erhalten zu haben.

Aleta und Eisenherz schauten zu, wie Arne und Garm den Fjord hinaufruderten. Die Berge schienen ihnen bedrohlicher als jemals zuvor.

Arne hatte nur einmal zurückgeschaut, seinen Eltern kurz zugewinkt, dann ruderte er voller Freude seinem Abenteuer entgegen. Bald waren der alte Jäger und sein junger Schützling in der geheimnisvollen Wildnis verschwunden. Soweit es ging, ruderten sie flußaufwärts. Zum letzten Mal fanden sie des Nachts Geborgenheit unter dem umgekippten Boot am Ufer. Viele Tage und Nächte im Freien standen ihnen noch bevor. Garm kannte die Fährten des Wildes, so fanden sie immer Nahrung — und auch den Weg über die Berge. Auf einem Bogen Pergament, eingeteilt in quadratische Felder, zeichneten die beiden Forscher jeden Tag sorgfältig die zurückgelegte Strecke ein. Ein Tal nach dem anderen tat sich vor ihnen auf. Oft glaubten sie, ihr Ziel erreicht zu haben. Aber jedes Tal endete in einer kaum bezwingbaren Geröllhalde. Kein Tal führte zu dem Paß, der sie auf die andere Seite der Berge bringen sollte.

Eines Nachts weckte Arne den alten Garm. „Ich habe eine großartige Idee!“ Garm hörte sich den Plan an, legte sich wieder hin und schlief weiter. Am nächsten Morgen bestimmte Arne: „Zuerst müssen wir einen Paß über diesen Berg finden. Klettern wir hinauf, da haben wir den besten Überblick.“ Je höher sie stiegen, desto deutlicher zeichnete sich das Land unter ihnen ab — wie eine riesige Landkarte. Das letzte Stück zum Gipfel auf steilem Schneefeld war gefährlich; dann standen sie oben. „Dort ist unser Paß!“ rief Arne aufgeregt, „siehst du den Bergsattel zwischen den Felswänden? Das muß der gesuchte Durchgang sein.“

Arne war glücklich, sein Ziel schien erreicht. Am Lagerfeuer wärmte er sich auf, während Garm aus den Fellen des erlegten Wildes Kleidungsstücke für seinen jungen Herrn schneiderte, wärmende Schuhe und schützende Handschuhe.

Beim Aufstieg zum Paß war die eisige Kälte des Hochgebirges zu spüren. Als sie die Bergkette überblickten, erläuterte Arne seinen Plan: ,,Ohne Erfolg haben wir die Täler abgesucht. Jetzt wollen wir am Berghang entlang abwärts gehen. Vielleicht gibt es hier kein Hindernis.'' Durch den Wald marschierend, sagte Arne: ,,Hier kann mühelos die Straße gebaut werden.'' Oberhalb der Baumgrenze markierten sie den Pfad mit Steinen, Arne setzte sich auf einen Stein und zeichnete den Weg in die Karte ein.

Nicht weit von der Paßhöhe entfernt hörten sie plötzlich dumpfes Grollen. Sie gingen weiter, und bald standen sie vor dem gähnenden Abgrund einer Schlucht. Ein reißender Bach stürzte donnernd zu Tal. Der Traum von einer Straße schien hier zu enden.

Prinz Arne und Garm, der Jäger, waren sehr enttäuscht. Niedergeschlagen starrten sie auf das tosende Wasser. Was wird nun aus ihren Plänen? Sie durften und wollten aber nicht aufgeben und umkehren. Sie rafften sich auf, folgten dem Wildbach und hielten nach einem Übergang Ausschau. An einer hochaufragenden Felswand endete der Weg. Die beiden Forscher überwanden die steilen Steine mit Mühe. Oben angekommen, blickten sie auf einen majestätisch daliegenden Bergsee. „Wir werden wohl oder übel um den See herummarschieren müssen", erklärte Arne mit Nachdruck, „hier gibt es kein Boot für uns."

Auf der anderen Seite des kristallklaren Gewässers wunderten sich die beiden gar sehr. Ein zweiter Bach entfloß dem See, aber in entgegengesetzter Richtung zum ersten, dessen Lauf sie gefolgt waren. Arne lief seinem Gefährten freudig voraus und rief begeistert: „Das muß die Hochebene sein, unser gesuchter Paß!"

Doch wieder schien ihr Weg ein Ende zu finden; wieder versperrte ihnen eine Felswand den Weg. Arne suchte verzweifelt an diesem neuen Hindernis einen Durchgang. Da machte er unverhofft eine großartige Entdeckung!

Arnes Freudenschreie ließen vermuten, daß die entbehrungsreichen Wochen endlich von Erfolg gekrönt waren. Vor ihnen lag eine große fruchtbare Ebene. Die Forscher und Abenteurer hatten ihr Ziel erreicht. Garm markierte den Weg mit kleinen Steinhäufchen, Arne nahm die letzten Eintragungen in die Karte vor. Da verdunkelte sich der Himmel, Wolken schoben sich vor die Sonne. Ein kalter Wind pfiff über die Ebene. ,,Schnell, junger Herr!" drängte Garm. Wildes Schneetreiben setzte ein. Der alte Jäger mahnte: ,,Wir müssen den schützenden Wald auf der Paßhöhe erreichen. Auf dieser Bergseite werden wir sonst einschneien." Schon bald lag die Landschaft unter einer Schneedecke. Noch ragten die Wegmarkierungen aus dem Schnee und halfen den Weg zurück zu finden. Da stürzte Arne in das eiskalte Wasser eines kleinen Baches. Was sonst ein lustiger Zwischenfall gewesen wäre — hier fürchtete Garm das Schlimmste. Bis zum schützenden Wald war noch mehr als eine Stunde zu gehen. Der Schneesturm wurde stärker. Arne zitterte vor Kälte. Garm hüllte ihn in seinen Mantel. In Garms Händen lag das Leben des künftigen Königs von Thule.

Garm zog dem frierenden Arne die Kleider vom Leib, wrang sie kräftig aus, bevor das Wasser zu einem Eispanzer gefrieren konnte. Etwas aufgewärmt und nicht mehr vor Nässe tropfend, konnte Arne weitergehen, er folgte den Spuren Garms. Die Wegmarkierungen lagen schon unter tiefem Schnee begraben. Der Prinz schleppte sich mit größter Anstrengung vorwärts. Vor Erschöpfung brach er fast zusammen. Garm half ihm nicht. Der erfahrene Jäger wußte, daß dem Jungen nur sein eigener starker Wille weiterhelfen konnte. Und diesen eisernen Willen brachte der tapfere Sohn von Prinz Eisenherz auf. Arne war erleichtert, als sie auf ihrem beschwerlichen Marsch anhielten. Die Gegend schien eben zu sein. Hatten sie den Paß schon erreicht? Warum gingen sie nicht weiter? Im dichten Schneetreiben sah Arne den Jäger plötzlich den Speer erheben, den er auf einen Schatten schleuderte, der sich vor ihnen bewegt hatte. Als Arne endlich den Jäger erreicht hatte, sah er, wie Garm die Eingeweide aus dem Bauch eines prächtigen Hirsches herausschnitt.

Garm bettete den kleinen Prinzen in den Bauch des Tieres, das wohlige Wärme ausstrahlte. Dann breitete er über seinen jungen Herrn seinen eigenen Mantel und bedeckte ihn mit einer dichten Schicht Schnee, um die Wärme nicht entweichen zu lassen.

Arne war nun vor dem Erfrieren gerettet. Etwa zwei Stunden hatte Garm Zeit, ein richtiges Obdach zu finden. In der Nähe entdeckte er ein kleines Gehölz, das Schutz bieten konnte.

Inmitten einer Geröllhalde fand er zwischen mannshohen Felsen einen geeigneten Platz. Der Sturm heulte durch die Wipfel der Bäume, der Paß lag unter einer dicken weißen Decke. Garm mußte sich beeilen. Er schlug einige kleine Bäume, errichtete eine Hütte, die sich an die Felsen lehnte, sich auf kräftige Stangen stützte. Kaum hatte Garm das Flechtwerk des Daches gefertigt, als sich darauf schon der Schnee türmte. Mit Steinen, die er aneinander rieb, entfachte er ein Feuer in der Hütte. Zurück zu Arne! Er hastete durch den tiefen Schnee. Spuren verrieten Unheil. Garm ahnte Schlimmes.

Das Blut des toten Hirsches hatte ein Rudel hungriger Wölfe angelockt. Vorsichtig schlichen die Bestien auf die vermeintliche Beute zu. Sie näherten sich Arnes Unterschlupf. Noch schlief der Prinz friedlich, nicht ahnend, in welch tödlicher Gefahr er war. Die grauen Gestalten kamen immer näher. Nur noch wenige Meter war der Leitwolf entfernt; langsam duckte er sich zum Sprung. Garm war rechtzeitig zur Stelle gewesen. Der Wolf sprang, und ein Speer bohrte sich tief in den Leib des Tieres. Nachdem der Anführer des Rudels tot war, schlichen die anderen Wölfe davon — unhörbar, wie sie gekommen waren. Erleichtert atmete Garm auf, als er den Prinzen unversehrt sah, seine rosigen Wangen bedeuteten, daß er sich erholt hatte. Nur ein kleiner Tropfen an seiner Nasenspitze war gefroren.

Garm weckte den Schläfer, der über den erlegten Wolf staunte. Dann stapften sie beide durch den Schnee, um die von Garm erbaute Hütte zu beziehen. Der Jäger trug den Hirsch über der Schulter, Arne schleppte den Wolf an einer Leine hinter sich her. In der Hütte war es mollig warm. Arnes halbgefrorene Nase taute auf. Garm bereitete ein kräftigendes Essen zu. Mit unverminderter Kraft fegte der Sturm über das Gebirge, der Schnee fiel weiter in dichten Flocken vom Himmel. Garm und Arne schlugen Holz, um einen ausreichenden Vorrat für die kommenden Tage zu haben. Die Hütte war bald vollständig von der weißen Last des Winters bedeckt. Für die Eingeschlossenen schien die Zeit stillzustehen. Der Tag glich der Nacht, ein Tag glich dem anderen. Die beiden Abenteurer begannen, sich für den Rückmarsch vorzubereiten.

Prinz Arne sollte nicht trüben Gedanken nachhängen, er mußte beschäftigt werden. Selbst beim schwachen Dämmerlicht sorgte Garm dafür, daß der junge Prinz nicht untätig war. Als Arne seine steifen und unförmigen Hosen aus ungegerbtem Wolfsfell anprobierte, die ihn vor der Kälte schützen sollten, fiel ein heller Schein durch den Rauchabzug. Die beiden Abenteurer strahlten, zeigte ihnen dieser Lichtstrahl doch, daß es endlich aufgehört hatte zu schneien. Die beiden öffneten mühselig die Tür der Hütte und gruben sich durch den Schnee. Beißende Kälte schlug ihnen entgegen, und in dem gleißenden Weiß schmerzten die Augen. Aber der Sturm hatte aufgehört zu toben.

Alle Vorräte an Nahrungsmitteln waren aufgezehrt. Der Abmarsch stand bevor. Arnes Nase wurde eingefettet, sein Gesicht mit dem Ruß der Feuerstätte geschwärzt. Um die Augen vor der Schneeblindheit zu schützen, bastelte Garm hölzerne Sonnenblenden. Jetzt galt es, so schnell wie möglich die Waldgrenze zu erreichen. Frohen Mutes brachen sie auf.

Bald war das Ufer des Bergsees erreicht. Er schien zugefroren zu sein. Arne überzeugte sich davon, daß die glatte Oberfläche des Gewässers festes Eis war. Nachdem er sich wieder erhoben hatte, schritten die beiden Entdecker zügig voran. Sie mußten nun nicht den weiten Weg um den See herum gehen. Nachdem der Gebirgspaß überquert, der Weg talwärts mit viel Spaß und Übermut bewältigt worden war, hatten sie die Wälder erreicht. Auch wenn sie erschöpft waren, eine Ruhepause durften sie sich nicht gönnen. Erst mußte eine Unterkunft errichtet werden. Mit kräftigen Hieben schlug Garm eine tiefe Kerbe in einen großen Baum. Arne half ihm bei der Arbeit des Holzfällens. Schon leuchteten die Sterne durch die helle Nacht und ließen den Schnee glitzern, als auch die zweite Rottanne gefällt war und genau auf die erste stürzte. Im Windschatten der Stämme, im Gewirr der Äste, bauten sich Garm und Arne einen sicheren und wetterfesten Unterstand. Dach und Wände verstärkten sie mit ineinander verflochtenen Zweigen. Dann entfachten sie ein kleines Feuer, um sich daran zu wärmen.

Auf Wikingsholm unterdessen blickten Prinz Eisenherz und seine Gemahlin Aleta voller Bangnis und Sorge nach den fernen Bergen. Seit fünf Tagen hatte es ohne Unterlaß geschneit. Arne hatte bei seinem ersten großen Abenteuer viel riskiert — zuviel? War es eine Herausforderung des Schicksals? Wann wird er nach Hause kommen, was wird er erzählen?

Eisenherz' aufgewühltes Gemüt wurde zunächst besänftigt, als er sah, wie froh und unbeschwert sich seine Frau mit den Zwillingen vergnügte. Dann fiel ein neuer Schatten auf seine Seele: Ist Arnes Mutter etwa herzlos?

Aleta brachte die Kinder ins Bett, und Prinz Eisenherz ging zu seinem Vater, sich Trost und Rat zu holen. König Aguar war gelassen und sprach: „Ängstige dich nicht zu sehr. Erinnere dich an deine jungen Jahre." „Ja, Vater, ich weiß. Wie oft habe ich dich in beklemmende Ungewißheit gebracht, dir Sorgen bereitet." Am nächsten Morgen, der Schneesturm hatte sich gelegt, suchte Prinz Eisenherz in der Arbeit Ablenkung von seinen Sorgen. Am Abend aber . . .

. . . überraschte er Aleta. Sie stand am Fenster, starrte auf die schneebedeckten Berge und hatte Tränen in den Augen. — Weit draußen, in den rauhen Bergen, schlief unterdessen sorglos ein müder junger Prinz. Warum sollte er sich sorgen? Garm behütete ihn, und seine Eltern waren in der sicheren Burg.

Ein neuer Morgen war angebrochen. Garm nahm die Axt in die Hand und stapfte allein durch den Schnee davon. Als Garm einen geeigneten Baum gefunden hatte, rief er Arne herbei. Gemeinsam machten sie sich an die Arbeit. Zuerst schlugen sie die obere Seite des Stammes ab und glätteten sie zu einer ebenen Fläche. Garm schlug eine Kerbe ins Holz und trieb behutsam einen Keil hinein. Noch vor Anbruch des Abends hatten sie einige Bretter von dem Baumstamm gelöst, die sie ins Lager schleppten.

Unter dem Licht des fahlen Mondes gaben sie den Brettern die richtige Form. Aber damit waren die Skier noch lange nicht fertig. Im Unterstand klebte Garm mit geschmolzenem Baumharz in Streifen geschnittene glatte Tierfelle auf die Unterseite der Bretter. Dann legten sie sich für einen kurzen Schlaf nieder.

Die Sonne war noch nicht hinter den Bergen zu sehen, da drängte Garm schon zum Aufbruch. Es blieb keine Zeit, dem Prinzen das Skifahren beizubringen. Arnes Überholmanöver war nicht zur Freude von Garm. An einem Steilhang hatte sich eine Eiskruste gebildet. Nur mit Mühe gelang es Garm, eine Spur zu treten.

Arne machte einen falschen Schritt. Wie ein Pfeil jagte der junge Prinz den steilen Hang hinunter. Mit seinem Stock versuchte er zu bremsen. Doch der Stock rutschte nur über den vereisten Schnee. Mit Entsetzen sah er das geröllbedeckte Tal immer schneller näherkommen. Plötzlich sauste er durch die Luft. Ein Aufprall folgte, den er vor Schreck aber gar nicht spürte.

Für einen kurzen Augenblick sah Arne über sich den wolkenverhangenen Himmel. Zappelnd wollte er aufstehen — und versank dabei immer tiefer im weichen Schnee. In seiner Angst ruderte er kräftig mit den kleinen Armen, doch er konnte keinen Halt finden; er rutschte immer tiefer in den aufgetürmten Schnee. Die metertiefen Schneemassen drohten Arne zu verschlingen, zu ersticken. Im letzten Augenblick erreichte Garm den Unglücksort und entriß den Verschütteten mit aller Kraft dem Schneegrab.

Aus Arne, dem stolzen Entdecker, war wieder ein Kind geworden, das sich jetzt in Garms Arme drängte, vertrauensvoll Schutz und Trost suchend. Nun war Arne nicht mehr so ungestüm. Vorsichtig folgte er Garm, stets auf die Wegspur achtend, ins Tal hinab.

Sie näherten sich dem nächsten Vorratslager, das auf dem Hinweg von ihnen angelegt worden war. Garm hatte ein großes Stück gedörrtes Fleisch an einen kleinen Baum gehängt. Doch die beiden Hungrigen mußten eine herbe Enttäuschung erfahren. Gut zwei Meter hoch lag der Schnee — so war es für die Wölfe ein leichtes gewesen, sich das Fleisch zu holen. Nur noch ein Fetzen Haut hing wie ein Wimpel an dem Baum. Der Hunger begann unerbittlich Arne und Garm zu plagen. So hatte der große Schneesturm bis hierher sein übles Spiel mit den beiden getrieben. Sie schleppten sich weiter durch den Wald zum Fluß, den sie erst nach Anbruch der Dunkelheit erreichten. Sie fanden das Boot, in dessen Schutz sie heißhungrig die hier zurückgelassenen Lebensmittel, Gerstenmehl und Honig, verzehrten. Am nächsten Morgen fingen sie Fische, die ihnen zum Frühstück gut schmeckten und ihr Reiseproviant für den letzten Teil des Heimweges waren.

Fröhlich ging es den wildtosenden eisfreien Fluß abwärts. Als der See erreicht war, verborgen unter einer dicken Eisdecke, kletterten sie aus dem Boot und schnallten sich die Skier an die Füße. Vorsichtig schoben sie das Boot übers Eis — bereit, sich sofort ins Boot fallen zu lassen, sollte die Eisdecke sie nicht mehr tragen. Am Ausgang des Sees wurde das Eis immer dünner, sie stiegen ins Boot, und Garm schlug eine Fahrrinne frei.

Der Abend dämmerte über dem Fluß, von Ferne klang das Tosen der Wasserfälle herüber. Nach der nächsten Biegung des Flusses erblickten Arne und Garm im warmen Licht der untergehenden Sonne Burg Wikingsholm. Glücklich lachend drehte sich Arne zu Garm herum und blickte den alten Jäger dankbar an.

Prinz Arnes erstes großes Abenteuer ging seinem Ende entgegen. Erfolgreich hatte er die Herausforderung des Schicksals bestanden.

Tag für Tag nach dem großen Schneesturm waren Eisenherz und Aleta an den Fjord geeilt, ängstlich Ausschau zu halten nach ihrem Sohn und seinem Begleiter. Nun hatte das bange Warten ein Ende — die Heimkehrer zogen gerade ihr Boot ans Ufer.

Stolz begrüßten sich Vater und Sohn, tapfer ihre Rührung verbergend — fast wie zwei alte Helden schüttelten sie sich die Hände. Dann schaute Arne in das glückstrahlende Antlitz seiner Mutter. Sie hatte ihn immer behütet und beschützt. Arne fand, jetzt sei der Zeitpunkt gekommen, ihr endlich klarzumachen, daß ihr Sohn groß und selbständig geworden sei. Er wollte ihr sagen . . . Doch da kniete Aleta zu ihrem Sohn nieder, umarmte ihn und drückte ihn an ihr Herz. Arnes Stolz schmolz dahin, glücklich schmiegte er sich in die Arme seiner Mutter, froh, wieder daheim zu sein.

In der ersten Morgendämmerung schlüpfte Arne aus dem Bett. ,,Der König wird mich empfangen, und ich werde meinen Reisebericht vortragen.“ Er zog die Kleidung an, die ihm in der kalten Luft der Berge so nützlich war. Er merkte nicht, daß sie in den warmen Räumen des Schlosses unangenehm duftete. Der stolze Vater sah zu, wie sein Sohn die Landkarte erklärte, lächelnd verfolgte der König die Erklärungen seines Enkels. Aber die Mutter winkte. Arne schmollte; Aleta steckte ihn in die Wanne und er-

mahnte ihn, auch seine Haare zu waschen. ,,Ich bin groß genug, für mich selber zu sorgen“, protestierte Arne, sie gab ihm saubere Kleidung, ,,Garm zieht auch an, was er will!“ ,,Reinlichkeit schadet nicht. Ich bin stolz auf dich, mein Sohn. Aber durch eine Heldentat wirst du noch nicht zum Mann. Also hast du meinem Rat noch zu folgen!“ Etwas kleinlaut führte Arne den alten Garm zum König. ,,Mein Herr und Gebieter, lieber Großvater, Garm kann besser über unsere erfolgreiche Entdeckungsfahrt berichten, als ich's vermag!“

Je länger der Winter dauerte, desto ruheloser wurde Prinz Eisenherz. Aleta beobachtete ihren Gatten, sie wußte, daß in wenigen Wochen das Pfingstfest auf König Arthurs Schloß Camelot mit einem großen Turnier gefeiert wurde.

Prinz Eisenherz wurde durch lautes Getöse aus seinem Grübeln gerissen. Boltar donnerte auf seinem Streitroß heran, im Schlitten seine indianische Frau Tillicum und ihr kleiner Sohn. Das war aber nicht der einzige Besuch. Von fernen Bergen herab war Hap Atla gekommen, König des Binnenlandes. Auch er war von Frau und Sohn begleitet. Das Treffen mit alten treuen Freunden erfüllte Burg Wikingsholm mit Frohsinn und Freude.

Doch es gab für Aleta auch Anlaß zur Wehmut. Ihr Sohn Arne würde sie nach alter Sitte demnächst für längere Zeit verlassen.

Es war Brauch bei den adeligen Familien, für eine gewisse Zeit die Söhne auszutauschen. Fern von zu Hause, an einem fremden Hof, sollten sie Höflichkeit, Geschicklichkeit, Umgang mit Waffen und anderem Gerät und Selbstvertrauen erlernen. Hap Atla wollte bald seinen Sohn wieder nach Wikingsholm schicken, und Arne sollte ihn und seine Frau dann auf seiner Bergburg besuchen. Und als Aleta sah, daß ihr Mann in ein ernstes Gespräch mit Gundar Harl vertieft war, wußte sie, daß auch seine Abreise bald bevorstehen würde. Den vor Abenteuerlust ungeduldigen Prinz Eisenherz zurückhalten zu wollen, war zwecklos. Das wußte die kluge Aleta. Sie machte ihrem Mann den Abschied nicht schwer — aber sie feierte den Abschied so liebevoll, daß sie hoffen konnte, ihren Mann, von Erinnerung und Sehnsucht getrieben, bald wieder in die Arme schließen zu können.

Auf nach Camelot!
Tapfere Freunde und ein kühnes Turnier warten auf Prinz Eisenherz.
Und wer weiß, welche Abenteuer es zu erleben gilt.

Im Auftrag des Königs

Schon lange Zeit vor dem Pfingstfest fanden sich die Ritter der Tafelrunde auf Camelot ein. Das freudige Wiedersehen alter Freunde und kampferprobter Gefährten aus früheren Tagen machten das Schloß von König Arthur zu einem fröhlichen und lauten Ort. Am großen Turnier konnten alle Ritter teilnehmen, und es galt, die Ehre und den Ruhm der Tafelrunde zu verteidigen.

Eines Nachts betrat ein junger Mann die Burg, müde und in verschmutzter Reisekleidung. Schwerfällig ging er über den Hof von Schloß Camelot und betrat in aufrechter Haltung die große Eingangshalle. Wortlos hängte er dort seinen Schild an den dafür vorgesehenen Pflock.

König Arthur bemerkte als erster den Schild mit dem roten Pferdekopf im weißen Kreis. Der weise König schmunzelte — und freute sich. ,,Das ist gut, der fröhliche junge Wikinger ist zurück. Er ist der einzige, der die aufkeimende Feindschaft zwischen Sir Gawain und Lancelot schlichten kann. Der Zwist zwischen den beiden Rittern entzweit bereits die Tafelrunde.''

Sonst hatte keiner der Anwesenden die Ankunft des jungen Ritters bemerkt. Auch Sir Gawain nicht . . .

Sir Gawain betrat am nächsten Morgen den Übungshof. Ein junger Ritter, eingehüllt in die dicke Schutzkleidung, bat ihn höflich: ,,Würden Sie mir die Ehre eines Waffenganges geben, hoher Herr?" Gawain hatte die Nacht am Spieltisch verbracht, er fühlte sich nicht wohl, und sein geschickter Gegner vermehrte sein Unbehagen. Fröhlich schlug er dem hohen Herrn manche Beule. Gawain senkte müde sein Schwert. ,,Auf der ganzen Welt gibt es nur einen Clown, der alle meine Finten kennt. Also nimm den Topf ab, du grinsender Narr, zeig endlich dein Gesicht!" Prinz Eisenherz nahm den Helm ab, dann lagen sich die Freunde lachend in den Armen. Gawain drohte scherzhaft: ,,Oh, glorreiche Tage liegen vor uns. Dann zahle ich dir die Blessuren doppelt zurück!"

Zum großen Turnier waren edle und tapfere Ritter aus nah und fern nach Camelot gekommen. Einige waren reich geschmückt mit glitzernden Juwelen und goldenem Zierrat, andere trugen zerbeulte Rüstungen und manche den Staub fremder Länder an ihren Schuhen.

Bald hatten sich zwei Parteien gebildet, die eine von Lancelot, die andere vom düsteren Mordred befehligt. Jeder versuchte, die besten der noch unerfahrenen Ritter auf seine Seite zu ziehen.

Ein strahlender Pfingsttag begann auf Schloß Camelot. Die Heide von Winchester war voll fröhlich flatternder Banner. Ein großes Zelt beschirmte den König, die Königin und ungezählte Gäste, die dem festlichen Ereignis mit Begeisterung folgten; sie waren aus allen Landesteilen herbeigeeilt.

Am Vormittag hatten die Ringer, die Läufer und die Bogenschützen um den Sieg gewetteifert. Aber der Höhepunkt dieses Tages stand noch bevor. Jetzt, zum Klang der schmetternden Fanfaren und der dröhnenden Trommeln, paradierten die Ritter vor dem königlichen Pavillon. Ein aufregendes Bild bot sich den Betrachtern.

Zwei lange Reihen ungeduldiger Krieger waren aufmarschiert, standen sich nun kampfbereit gegenüber. Die edlen Pferde stampften ungeduldig die staubige Erde. Endlich gab der König dem Marschall ein Zeichen, dieser ließ seinen Stab sinken. Das Spiel konnte beginnen.

Die Frühlingsluft wurde von einem einzigen Schrei aus vielen hundert Kehlen zerrissen. Die Lanzen wurden gesenkt. Das Donnern der Hufe dröhnte über die Heide. Die Reihen der Ritter stürzten aufeinander los.

König Arthur und seine Gemahlin, die schöne Ginevra, beobachteten aufmerksam die jungen Ritter. Die Kämpfenden prallten aufeinander, Lanzen splitterten, Schwerter wurden gezückt, das Klirren der Waffen gellte weithin.

Es wurden zwar stumpfe Waffen benutzt, aber für empfindliche Naturen war das nicht der richtige Sport. Die Knappen mußten Leib und Leben riskieren, um ihre geschlagenen und gestürzten Herren vor den donnernden Hufen der Schlachtrösser zu retten. Ein Ritter in strahlend weißer Rüstung auf weißem Pferd lenkte alle Blicke auf sich. Seine Kampfeslust und sein Geschick wurden von allen Zuschauern bewundert. Aus der Hand der Königin empfing er den verdienten Siegerkranz. Jetzt durfte er jeden alterprobten Ritter, jeden Ritter der Tafelrunde zu einem Zweikampf fordern.

Prinz Eisenherz sah den weißen Ritter seinen Schimmel besteigen. Er beobachtete, wie der junge Sieger langsam sein Pferd in den Hof der Champions lenkte. Eisenherz erinnerte sich an seinen ersten Sieg und wie er damals den mächtigen Tristan herausgefordert hatte. Der junge Held ritt an Lancelot vorbei, auch an Gawain. Vor Prinz Eisenherz verhielt er. Seine Lanze berührte den Schild mit dem Pferdekopf. Der weiße Ritter hatte Prinz Eisenherz herausgefordert! Dieser Zweikampf würde Abschluß und Höhepunkt des großen Pfingstturniers auf Camelot sein.

Gerüstet, bewaffnet und beritten trafen sich Prinz Eisenherz und der

weiße Ritter inmitten des Turnierfeldes. „An wem soll ich meine Lanze zerschmettern?" fragte Prinz Eisenherz. „An dem harten Speer des William Vernon von Lydney!" antwortete stolz der Jüngling.

Die beiden Ritter salutierten vor dem König und seiner schönen Frau. Sie nahmen Aufstellung. „Bin ich denn ein so berühmter Kämpfer wie Lancelot oder Gawain?" überlegte Eisenherz. Auf das Signal einer Fanfare ritten die beiden Kämpfer, die Lanzen gesenkt, aufeinander los.

Beim ersten Angriff brachen beide Lanzen. Und während Prinz Eisenherz auf seinem schwarzen Pferd über das Turnierfeld galoppierte, um sich auf ein neues Treffen mit dem weißen Ritter vorzubereiten, mußte er sich seine Überraschung eingestehen. ,,William ist von einem Meister unterrichtet worden.''

Die Pferde wurden gewendet, scharrten ungeduldig mit den Hufen im Sand. Endlich ertönte das Fanfarensignal zur zweiten Runde. Die Ritter preschten, die neuen Lanzen eingelegt, zur Mitte des Platzes. Würde jetzt die Entscheidung fallen? Die Zuschauer wußten nicht, wem sie den Sieg gönnen sollten. Dem beliebten Prinzen oder dem sympathischen, mutigen jungen William? Die Spannung wuchs unter dem aufgewühlten Publikum.

William richtete seine Waffe auf den Helm von Prinz Eisenherz. Dieser konnte noch im letzten Augenblick seinen Schild hochreißen; die Lanzenspitze blieb im Schildrand stecken. Die Lanzen der beiden Kämpfenden zersplitterten. Ein heftiger Schmerz durchzuckte den Schildarm des Prinzen. Die beiden bereiteten sich zur letzten Runde vor. Sie stießen zusammen, und wieder zerbarsten die Waffen. Unentschieden! Doch Williams weißes Hemd färbte sich plötzlich rot, der junge Held schwankte im Sattel und fiel zu Boden. Eisenherz stieg vom Pferd und beugte sich über seinen Gegner. Ein Splitter der zerbrochenen Lanze steckte in seinem Hals. Eisenherz wendete sich zum Marschall: ,,Das ist nicht mein Sieg, Sir! Es war ein Unfall. Ich akzeptiere nur ein Unentschieden!"

Prinz Eisenherz begab sich sofort in Williams Zelt. Seinen fast gelähmten Schildarm beachtete er nicht. Erleichtert, daß Williams Wunde nicht gefährlich war, wollte er wieder gehen. Ein junges Mädchen trat ihm in den Weg. ,,Oh, Herr, ist William schwer verletzt? Wird er genesen?" Schüchtern fügte sie hinzu: ,,Er ist unser Nachbar, meine Familie macht sich Sorgen." Doch ihre tränennassen Augen verrieten mehr als ihre Worte. Während Eisenherz ihr versicherte, daß William bald wohlauf sein würde, betrat Lancelot das Zelt. Er wollte sich bei William für dessen Teilnahme beim Turnier bedanken. Ihm auf den Fersen folgte Gawain, noch begeistert von dem großen Kampffest. Eisenherz hörte sorgenvoll, wie Gawain lachend und beleidigend Lancelot begrüßte. ,,Wird die Feindschaft der beiden die Tafelrunde sprengen?"

Mit Entsetzen vernahm Eisenherz, wie spitz Gawain spottete, und wie sich mit kalter Wut Lancelot zu höflichen Antworten zwang. ,,Hier kann über Englands Schicksal entschieden werden'', dachte der Prinz, schob das errötende Mädchen wieder in das Zelt zurück. Er wußte, daß Lancelot zu höflich war, um in Gegenwart einer Dame zu streiten. Und er wußte, daß ein schönes Mädchen Gawains ungeteilte Aufmerksamkeit beanspruchte. Alfred, Williams kleiner Knappe, der auch die Gefahr erkannt hatte, brachte alle Anwesenden mit seinem Humor erst zum Lächeln, dann zum Lachen. Im Gelächter schwand die Feindschaft. William stellte Gwendolyn Berkeley vor. Eisenherz meinte: ,,Es geziemt sich für die schönste Dame auf Camelot, von dem besten Ritter heimgeleitet zu werden. Aber ich möchte bei William bleiben. Nehmen Sie mit den zwei nächstbesten vorlieb?''

Während ein schönes Mädchen zwei Ritter von ihrem gefährlichen Streit ablenkte, wurde das große Pfingstturnier auf Camelot mit einem großen Bankett beendet. Bis in unsere Tage ist überliefert, daß bei diesem festlichen Essen — und vor allem beim Trinken — mehr Helden auf der Strecke blieben als beim Turnier.

Zur gleichen Zeit bat König Arthur Prinz Eisenherz zu sich. ,,Aus Cornwall sind Gerüchte über einen geplanten Aufstand zu mir gedrungen. Bevor ich ein Heer entsende, überzeuge dich persönlich von der Lage. Ist es dort wirklich so ernst?"

Schon am nächsten Morgen brach Prinz Eisenherz nach Westen auf.

Plötzlich entdeckte er unter den Reitern, die Camelot verließen, William und die schöne Gwendolyn. William lud ihn zu sich nach Hause ein: ,,Den Rest des Weges könnt Ihr schnell mit einem Schiff zurücklegen."

In Berkely Hall, wo Gwendolyn zu Hause war, machte die Gesellschaft Rast. Ein Bote trat ein, kniete vor William nieder: ,,Sir, Euer Vater, der Herr auf Schloß Vernon, ist leider gestorben."

William, der neue Herr auf Burg Vernon, faßte sich und und sagte zu Gwendolyn: „Jetzt werde ich mit deinem Vater sprechen." Und so bat er den Ritter Berkeley um die Hand seiner Tochter. Grimmig schüttelte der Ritter sein ergrautes Haupt und sagte: „Dein Titel ist dir noch nicht sicher. Wenn dein vermißter Halbbruder zurückkehrt, bevor du zwanzig Jahre zählst, wird er Herr von Vernon. Und meine Tochter Gwendolyn heiratet nur den Herrn von Vernon. Deshalb bleibt sie noch bei mir!" William verabschiedete sich traurig von dem geliebten Mädchen. Aber am nächsten Tag wird er sie schon wiedersehen, wenn die Familie Berkeley zum Begräbnis seines Vaters nach Vernon kommen wird.

Das Boot, das William und Prinz Eisenherz nach Vernon bringen sollte, überquerte bei stürmischer See die Bucht. Ein Schiffer blies ins Horn, und endlich, nach bangen Minuten des Wartens, flammte ein Leuchtfeuer an der Hafeneinfahrt auf. Doch der Kapitän schrie: „Wo ist das andere Licht?" William erklärte dem verständnislosen Eisenherz: „Die Hafeneinfahrt ist von gefährlichen Riffen gesäumt. Nur mit zwei Signalfeuern läßt sich die schmale Fahrrinne zwischen den Felsen und Untiefen erkennen."

Endlich leuchtete das zweite Signalfeuer auf! ,,Gerade noch rechtzeitig", meinte William. Fackelträger geleiteten ihn und Eisenherz in die Burg. Wegen des Todes ihres Herrn herrschte Unentschlossenheit unter den Dienern. Der treue Knappe Alfred erkannte die verworrene Lage, und mit Überlegung gab er Anweisungen und Befehle.

William stellte seiner Mutter den Prinzen vor. Die stolze Frau, deren Gesicht von großem Kummer gezeichnet war, begrüßte Eisenherz. William kniete vor seiner Mutter. ,,Oh, Muttter", stöhnte er, ,,ich bat Sir Berkeley um die Hand Gwendolyns. Aber er wies mich zurück. Er behauptete, noch stünde mir der Titel des Herrn von Vernon nicht zu. Stimmt das, Mutter?" ,,Ja, William. Die erste Frau deines Vaters konnte seine Gehässigkeit und seine Schläge nicht ertragen. Eines Nachts ist sie mit ihrem Kind geflohen, dem rechtmäßigen Erben."

Draußen, in der Nacht, kämpfte sich mühsam ein Schweinehirt durch den Sumpf. Er hatte eine Botschaft zu überbringen. Wird sie das Rätsel um Vernon lösen? In der Morgendämmerung erreichte er die Burg. Prinz Eisenherz war schon aufgestanden. Beim Hafen fand er William, der sorgenvoll aufs Meer blickte. ,,Ich hoffe, Ritter Berkeley und Gwendolyn überqueren bald die Bucht."

Alfred hatte die umfangreichen Vorbereitungen zum Begräbnis seines toten Herrn abgeschlossen, als der Schweinehirt in den großen Saal hereingeführt wurde. „Ich bringe eine Nachricht von deiner Mutter. Sie sagte: ‚Hol Alfred her! Ich habe nicht mehr lange zu leben. Und meine Worte werden seinem Schicksal eine große Wende geben. Beeil dich!‘“ „Kann ich mit dir reiten?“ fragte Eisenherz. „Danke, gern“, der Knappe war erleichtert, „ich fürchte mich ein wenig. Meine Mutter ist eine böse, verbitterte Frau. Viele behaupten, sie sei eine Hexe.“

Durch tiefen Morast, durch finstre Wälder mußten die beiden reiten. Vor ihnen lag endlich eine schäbige Hütte. Alfred wies darauf hin, bitter lachend. „Das Haus meiner Jugend.“ Ängstlich öffnete Alfred die knarrende Tür. Eisenherz folgte ihm in den düsteren Raum. „Tretet ein, meine Herren!“ lispelte eine zittrige Stimme. Auf einem Bündel Lumpen kauerte ein altes, vergrämtes Weib.

„Setz dich!“ Alfred gehorchte. „Du bist wahrhaftig mein Meisterstück, du untertänige Sklavenseele! Du bist der rechtmäßige Erbe von Burg Vernon. Jetzt kommt die Stunde meiner Rache, meines Triumphs!“ Sie holte mühsam Atem, mit schriller Stimme und voller Haß fuhr sie fort: „Ich war die erste Frau des Unholds von Vernon. Du, Alfred, bist sein Erstgeborener! Und ich war einst die schöne Lady Vernon, gefesselt an ein trunksüchtiges Scheusal, das mich fast zu Tode gepeinigt hatte. Jetzt bist du, ein unbedeutender Untertan, der oberste Herr auf Vernon.“

Sie erklärte ihrem Sohn, in welcher Truhe die vergilbten Pergamente zu finden wären, die alles beweisen, die jeden Zweifel beseitigen würden. „Endlich gelingt es mir, den stolzen Namen Vernon in den verdienten Dreck zu ziehen.“ Mit einem letzten Gelächter, voll Hohn, Haß und Verzweiflung, brach sie zusammen und hauchte ihr Leben aus. Alfred, jetzt Herr von Vernon, und Eisenherz, Prinz von Thule, betätigten sich als Totengräber. Alfred nahm die Dokumente an sich, dann legte er Feuer an die Hütte, die Stätte des Grauens zu vernichten, die Erinnerung an ein grausames Schicksal zu tilgen.

Auf dem Rückweg durch das tückische Moor wurde Alfred von einem bitteren Lachen geschüttelt. ,,Nun bin ich bescheidener Knappe Herr von Vernon. Meine Mutter hat eine süße Rache geplant. Jetzt müssen die Herrschaften einem ehemaligen Diener Ehre erweisen. Ja, ich war auch der Diener meines Vaters. Mit Fäusten, Fußtritten und Flüchen hat er mich traktiert. Soll ich mich weiterhin vor den edlen Leuten ducken und sie unterwürfig bedienen?"

Alfreds Stimme bebte vor Erregung. ,,Gwendolyn! Jetzt kann ich

Gwendolyn zur Frau haben. Ihr stolzer Vater verlangt von seinem Schwiegersohn nur Besitz, Namen und Titel. Ich liebe Gwendolyn seit meiner Jugend — ohne Hoffnung. Aber jetzt . . ."

Es war fast dunkel, als Prinz Eisenherz und Alfred Burg Vernon erreicht hatten. ,,Habt Ihr's gemerkt", flüsterte Alfred, als er dem Prinzen aus dem Umhang half, ,,wer einmal Diener war, der bleibt immer ein Diener."

Ein Knappe stürmte in die Halle, um die Fackeln anzuzünden. ,,Das Schiff der Berkeleys ist eben gesichtet worden!" teilte er atemlos mit.

Prinz Eisenherz und der Knappe Alfred eilten hinab zum Hafen.

William starrte besorgt in die Abenddämmerung. ,,Warum sind sie denn nicht schon früher abgefahren!“ schrie er gegen den tosenden Wind. Dann befahl er mit fester Stimme: ,,Die Leuchtfeuer! Setzt sofort die Leuchtfeuer in Brand!“

Weit draußen auf der stürmischen See tanzte auf den gischtenden Wogen ein schwaches Licht auf und ab. Während William und Eisenherz das eine Feuer entzündeten, starrte Alfred auf das vergilbte Pergament, das ihn zum rechtmäßigen Erben und neuen Herrn von Vernon machte. Die Flammen des einen Feuers tauchten die eine Seite der Hafeneinfahrt in gespenstisches Licht. Die drei eilten zum anderen Signal. Die Zünder glühten, heftige Sturmböen aber verhinderten das Entflammen des Holzes. ,,Wir brauchen trockenes Brennmaterial!“ schrie William. ,,Soll Gwendolyn umkommen?“ Wortlos griff Alfred in seine Brusttasche und übergab William eine alte Pergamentrolle . . .

Das Pergament entzündete sich sofort an der glühenden Kohle, laut knisterten die mit Öl getränkten Holzscheite, das Leuchtfeuer flammte auf.

Von beiden Signalfeuern sicher geleitet, fuhren Sir Berkeley und seine Tochter Gwendolyn in den schützenden Hafen ein.

,,Die Leuchtfeuer sind wirklich sehr wertvoll'', scherzte Alfred, und sein gezwungenes Lachen endete in verzweifeltem Schluchzen.

Die Gäste wurden herzlich willkommen geheißen. Von dem fürchterlichen Sturm völlig erschreckt, froh, ihm entronnen zu sein, warf Gwendo-

lyn sich glücklich in die Arme ihres geliebten William. Die beiden hielten sich eng umschlungen, der alte Berkeley schaute grimmig drein und brummte vor sich hin: ,,Wehe, William, wenn du nicht der wirkliche Erbe von Vernon bist!''

Prinz Eisenherz blickte verständnisvoll lächelnd den Verliebten zu — und dachte an seine Aleta im fernen Wikingsholm.

Und noch jemand beobachtete die Szene. Mit betrübtem Herzen saß Alfred auf der Kaimauer. Sein Gesicht war feucht — vom Regen, wie er meinte.

Seine traurigen Augen folgten den glücklichen Menschen, die sich frohgemut hinauf zur Burg begaben. Das Scherzen des jungen William klang herüber, und auch das helle Lachen der schönen Gwendolyn war trotz des Sturms bis zum Signalfeuer zu hören, wo der arme Alfred saß. Er war froh, das Leben des geliebten Mädchens gerettet zu haben. Aber nun würde sie die Frau eines anderen Mannes werden. Und beinahe wäre er Herrscher über Vernon geworden.

Als William und Gwendolyn durch das Burgtor schritten, blickte Prinz Eisenherz zurück. Er sah die einsame und verlassene Gestalt zusammengesunken an der Hafeneinfahrt sitzen. Als einziger wußte der Prinz von dem großen Opfer, welches Alfred gebracht hatte.

In der Kapelle der Burg war der Leichnam des verstorbenen Herrschers aufgebahrt. Nach dem Ende der Trauerfeierlichkeiten bemerkte man erst Alfreds Verschwinden. Sofort wurde überall nach ihm gesucht. Doch alle Diener und Boten kamen zurück, keiner hatte den Knappen finden können.

Im Morgengrauen blickte Prinz Eisenherz auf den in Nebel gehüllten Hafen. Schwermut erfüllte sein Herz, als er des stets fröhlichen Alfred gedachte, dessen lebloser Körper nun wahrscheinlich in den kalten Fluten lag. Eisenherz suchte William auf. „Ein günstiger Wind weht. Mit dem Schiff, das du mir versprochen hast, könnte ich meine Reise fortsetzen." Ein Segelschiff wurde mit Proviant ausgerüstet, Eisenherz verabschiedete sich von Gwendolyn und William.

Auf wogender See gewann das kleine tüchtige Schiff rasch an Fahrt. Plötzlich erschallten aufgeregte Rufe von Steuerbord. Die Mannschaft hatte einen blinden Passagier entdeckt. „Seid mir gegrüßt, Prinz Eisenherz!" lachte Alfred. „Ich hoffe, das Mittagsmahl wird bald aufgetragen!"

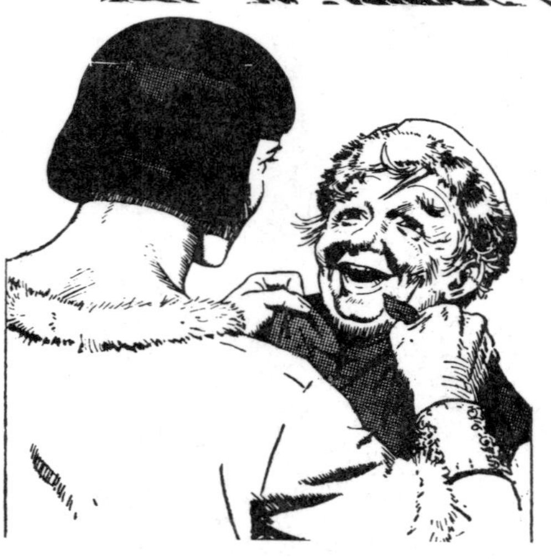

„Du kleiner Schelm!" rief Eisenherz glücklich und packte Alfred am Kragen. „Ich sollte dich verprügeln für das Durcheinander, das du angerichtet hast!" Schalkhaft erwiderte Alfred: „Laßt mich los, Freund! Wie könnt Ihr Hand an jemanden legen, der adeligen Geblüts ist! Mein Blut ruft nach Rache! Nun — ich will großzügig sein . . . für einen vollen Becher Wein verzichte ich auf Genugtuung."

Bald tauchten im Nebel die Umrisse der Festung Tintagel auf. Und nun erfüllte sich die Prophezeiung: In Alfreds Leben trat eine große Wende ein. Er wurde der Knappe von Eisenherz.

Die Segel wurden eingeholt, die Seeleute griffen zu den Riemen und ruderten das Schiff zur schroffen Küste. Über den Klippen erhob sich Tintagel, König Arthurs Geburtsort. Am „Eisernen Tor", das den kleinen Hafen schützte, erschienen die Wachen. Prinz Eisenherz stellte sich an die Reling und hielt seinen Schild hoch. Man erkannte ihn sofort und hieß ihn willkommen.

Prinz Eisenherz betrat die Burg, die schon eine starke Festung war, bevor der erste Kelte gekommen war. Noch heute steht Tintagel an Cornwalls Küste — ein Zeuge aus vergangener Zeit.

Prinz Eisenherz hatte auf genaue Informationen gehofft. Aber er hörte nur Gerüchte.

,,Wir wissen sehr wenig. Raubschiffe in großer Zahl laufen die Küsten von Cornwall an und werden willkommen geheißen. Doch keiner von Arthurs Rittern wird von den drei Königen über die Grenze gelassen.'' Alfred, dem Prinz Eisenherz die Schwierigkeiten erzählt hatte, bemerkte: ,,Es steht weit unter der Würde eines bekannten Herrn, Ratschläge eines kleinen Knappen anzunehmen. Nicht selten jedoch erhält ein großer Krieger Schläge auf den Kopf, und der kluge Knappe muß ihm denken helfen. Ich glaube, Burgen schrecken bewaffnete Männer ab. Für Clowns, Jongleure, Kreuzfahrer und Geschichtenerzähler aber stehen die Tore immer offen.''

Prinz Eisenherz erinnerte sich, daß er schon einmal als Wandermusikant mit Erfolg Gerüchte verstreut hatte, so daß die verräterischen Könige Cornwalls sich auf die Sachsen, ihre eigenen Verbündeten gestürzt hatten.

,,Bring mir einen zerrissenen Umhang und meine Laute, ich werde wieder ein Troubadour!'' ,,Mitnichten, Herr!'' antwortete Alfred, ,,man kann nicht immer dieselbe Vorstellung geben. Vielleicht erinnert sich einer der Könige an einen Wandermusikanten, der Unheil brachte.''

„Setz dich, mein Junge!" befahl der bescheidene Knappe seinem verdutzten Herrn. „Ich kann mir lebhaft vorstellen, daß ein Kreuzfahrer mittleren Alters, der Geschichten aus dem Heiligen Land erzählt, nicht in den Verdacht gerät, sich in die Politik einmischen zu wollen."

Und während Alfreds flinke Zunge plapperte, machten sich seine geschickten Hände an Eisenherz zu schaffen. Irgendwann blickte der Prinz, mißtrauisch geworden, in den Spiegel. Wenn man bedenkt, was der Diener der männlichen Schönheit seines Herrn angetan hatte, war es nicht verwunderlich, daß Eisenherz in einem Ausbruch gekränkter Eitelkeit seinem Knappen handgreiflich die Meinung sagte. Bald versöhnt, kleidete er sich an. Als Kreuzritter hatte er das Recht, das Zeichen der gekreuzten Palmen zu tragen, und unter Christen wäre er immer ein gern gesehener Gast.

Von argwöhnischen Spionen beobachtet, verließen ein Kreuzritter und sein Knappe Tintagel, ritten über die Grenze ins Gebiet der drei Könige Cornwalls, das für jeden gesperrt war. Bald wurden die Reiter von den Grenzwächtern angehalten, erhielten den Befehl zur Umkehr. „Wehe, ihr wüsten Gesellen, ihr wagt es, Hand an mich zu legen!" rief ihnen Prinz Eisenherz mit strenger Stimme entgegen. „Ich bin ein Kreuzritter und komme von den heiligen Stätten. Bringt mich zu eurem König!" Für die abergläubischen Soldaten war ein Kreuzritter ein heiliger Mann, sie trauten sich nicht, ihm den Weg zu versperren.

Endlich erreichte der Kreuzritter Launceston. Sein Bart war inzwischen gewachsen, so konnte ihn niemand als den unheilbringenden Minnesänger von einst entlarven. Des Königs Kammerdiener war schnell überzeugt, einen Kreuzfahrer vor sich zu haben. Kein Wunder, die Worte des Ritters klangen nicht nur wahr — sie waren es auch. Der König Durwin befahl: „Laßt den Abt aus dem Kloster holen! Der war im Heiligen Land und kann feststellen, ob's ein Spion oder wirklich ein Kreuzritter ist."

Der unbekannte Kreuzfahrer wurde in die große Halle gebeten und neben dem Abt plaziert. Dessen bohrende Fragen bestätigten Prinz Eisenherz' Verdacht, daß er verdächtigt wurde. Als das Mahl sich dem Ende neigte, bat der König, der Kreuzfahrer möge doch allen etwas aus dem Heiligen Land erzählen. Prinz Eisenherz erhob sich und erzählte die wunderbaren und abenteuerlichen Begebenheiten seiner Pilgerfahrt*. Von seinem Platz aus konnte er jeden in der Halle beobachten. Er sah verdächtig viele Sachsen, Wikinger, Dänen und andere nordische Abenteurer. Aber das bewies noch nicht, daß König Durwin Verrat im Schilde führte. In einer entfernten Ecke des Saales saß Alfred und schwatzte fröhlich mit der Dienerschaft. Für ein kleines Trinkgeld wurde viel in die Becher gegossen. Und die Diener, die immer fast alles wissen, erzählten freimütig, was sie wußten.

* *Wer diese Erlebnisse erzählt haben möchte, der lese den vierten Band unserer Serie „Prinz Eisenherz — bändigt Rebellen — befreit Aleta".*

Der Abt, vom König herbeigewunken, näherte sich dem Thron. Er verbeugte sich und sagte: „Euer Gast ist kein Spion. Er ist wirklich ein Kreuzritter, der im Heiligen Land war. Ich habe immer wieder versucht, mich mit ihm über Politik zu unterhalten. Das interessiert den nicht. Der redet nur über das Heilige Land."

Alfred entschuldigte sich bei seinen Zechkumpanen, er mußte die Kleidung seines Herrn ausbessern. So konnte er Eisenherz unbemerkt zuflüstern: „In dieser Burg herrscht Angst. Überall vermutet man Spione. Durwin ist nur deshalb ein Verräter, weil er im Westen irgend etwas und irgendwen mehr fürchtet als die Nähe und die

Rache König Arthurs."

Am Morgen, nachdem Alfred die kahlen Stellen an seines Herrn Kopf frisch rasiert und Holzkohle in den sprießenden Bart gerieben hatte — nicht auszudenken, was passiert wäre, hätte man Eisenherz erkannt — wurde der Kreuzfahrer zur Audienz befohlen.

Prinz Eisenherz war stets auf der Hut, sich nicht durch einen unbedachten Satz zu verraten. Dann erklärte er dem König, daß er bald aufbrechen müßte. „Ich will gen Westen, von meinen Abenteuern erzählen, viele Christen zur Pilgerfahrt ermuntern."

Kurz nachdem Eisenherz mit König Durwin geplaudert hatte, bemerkte Alfred, wie ein Bote hastig den Weg nach Westen einschlug. ,,Warum warnt ein ehrlicher Gastgeber den anderen vor unserem Kommen?" wunderte sich der treue Knappe.

Prinz Eisenherz war schon aufgebrochen, weit draußen im Moor von Bodwin holte ihn Alfred erst ein. Er spielte jetzt nicht mehr den untertänigen Diener, er war wieder der treue Gefährte, er berichtete: ,,Der Abstand zwischen den Edlen und den Dienern ist so groß, daß die höheren Herren vor den Ohren der Niedrigen, die nicht beachtet werden, ganz offen reden. Was wissen Diener nicht? König Durwin ist ein Verräter, weil er die wachsende Macht Och Synwyns mehr fürchtet als die nahen Truppen König Arthurs. Och Synwyn hat eine große Streitmacht unerschrockener Räuber um sich geschart, er verspricht ihnen Raubzüge und Plünderungen." — Überall auf seiner Reise wurde Prinz Eisenherz gern bewirtet, er erzählte vom Heiligen Land.

Eines Tages erhob sich Restormel am Horizont. Dort residierte der zweite der drei West-Könige. Aber den Weg versperrte eine wilde Horde bewaffneter Plünderer. „Ich bin ein Kreuzfahrer, als Pilger war ich im Heiligen Land!“ rief Eisenherz ihnen entgegen. „Ein Pilger braucht weder Waffen noch Rüstung“, bellte der eine Anführer, „ein Betbruder sollte bescheiden zu Fuß gehen.“ Eisenherz stieg schwerfällig vom Pferd. Er wußte, daß ein Kampf nicht zu vermeiden war. Besser mit einem Anführer kämpfen als mit der ganzen Bande. Der eine war stolz und würde bis zum Tod kämpfen. Der andere war übellaunig und laut, der würde im Sieg triumphieren, in der Niederlage winseln. „Du, mit der Stimme eines Ochsenfrosches, kannst meine Waffen und Rüstung haben“, bot Eisenherz an, „hol sie dir!“

Mühevoll stülpte sich der Kreuzfahrer das Kettenhemd über den rasierten Kopf. Wer würde in diesem ungeschickten Pilger einen zähen jungen Ritter der Tafelrunde vermuten? Mit unsicheren Schritten näherte er sich seinem Gegner, der selbstsicher auf ihn zustapfte. Eisenherz zog sein Schwert und wußte, daß er doch einen großen Nachteil hatte. Es war nicht das ,,Singende Schwert".

Der kraftstrotzende Ochsenfrosch holte zu einem gewaltigen Schlag aus, dem kein Schild standhalten könnte — wenn er träfe. Der Schlag wurde nicht nur abgelenkt, mit der gleichen Bewegung des Schildes brach Eisenherz dem Angreifer die Nase. Der riß seinen Schild hoch, da spürte er einen schneidenden Schmerz an den Beinen. Sich auf seine brutale Kraft verlassend, wurde der Bösewicht das Opfer simpler Finten. Dann glaubte er, eine sichere Gelegenheit zu haben. Er handelte, wie Eisenherz es erwartete. Der Ochsenfrosch sah das Schwert aufblitzen, seine eigene Waffe durch die Luft fliegen. Er wartete auf seinen Tod. Doch Eisenherz befahl mit ruhiger Stimme: ,,Nimm dir eine neue Waffe!"

Wieder mit einer Streitaxt bewaffnet, drang der Ochsenfrosch auf Prinz Eisenherz ein. Er täuschte einen Schlag nach oben vor, wechselte zu einem Unterhandschlag. Auf diesen Trick hatte Prinz Eisenherz gewartet. Und wieder sauste eine vom Griff getrennte Axtklinge durch die Luft. Den Ochsenfrosch packte die kalte Angst. Sein stummer Gegner wollte ihn nicht töten, er wollte ihn demütigen — vor all seinen Leuten! Grinsend griff er zu einer anderen Axt, einer mit eisernem Stiel. Aber Eisenherz war selbst ein guter Axtkämpfer und kannte alle

Tricks. Es wäre für ihn ein leichtes gewesen, seinen Feind zu töten, aber dann hätte er die Rache der ganzen Horde auf sich gezogen. Mit Angst im Herzen schlug der Ochsenfrosch immer wilder um sich.

Prinz Eisenherz brach sein Schweigen: „Mein nächster Schlag gilt deinem rechten Arm.“ Die harten Augen seines Gegners, jeder Bewegung seines Armes folgend, steigerten die Angst des Ochsenfrosches. Was sollte aus einem Kämpfer werden, der keine Waffen halten konnte? Von seinen Männern würde er nie mehr als Führer anerkannt werden. Angsterfüllt, mit hastigen Sprüngen ergriff er die Flucht.

Prinz Eisenherz hatte die Plündererhorde, die Waffe in der Hand, streng gemustert. „Gauner, kaum einen Schwertstreich wert.“ Er hatte einen weiteren Kampf vermeiden wollen und laut gesagt: „Sucht euch einen besseren Anführer aus!“ Als Eisenherz und Alfred auf Burg Restormel zuritten, lachten sie. „Die sind für eine Weile beschäftigt.“ Ohne Zwischenfall erreichten sie die Burg, und sie wußten, daß die Nachricht vom Zweikampf schon vor ihnen eingetroffen war. Alfred mußte sich wieder alle Erniedrigungen eines niederen Dieners gefallen lassen, so manchen Fußtritt einstecken. In der Küche und in den Ställen erfuhr er dann alles, was er

wissen wollte. Die Knechte und Mägde verachteten die brutalen und ungerechten Herren und hielten untereinander zusammen.

König Ragnor machte dem kämpferischen Pilger ein verlockendes Angebot: „Wir brauchen gute Kämpfer. Bleibt hier, Ihr werdet zu großen Eroberungen ausziehen und an reichen Schätzen teilhaben.“ Gern hätte Prinz Eisenherz gefragt, was erobert und wer geplündert werden sollte. Aber er wußte, wie gefährlich eine solche Frage für ihn und Alfred gewesen wäre.

Eisenherz hatte König Ragnor erklärt: ,,Ich danke Euch, Majestät. Aber mein Schwert trage ich nur, um mich zu verteidigen oder wehrlosen Menschen beizustehen. Morgen ziehe ich nach Westen, ich hoffe, bald das fromme Irland zu erreichen.'' Später erzählte ihm Alfred: ,,Ein Kurier ist heute abend nach Westen aufgebrochen. Ich hörte, daß dort ein gräßlicher Tyrann herrschen soll.'' So zogen der Pilger und sein Diener am nächsten Tag weiter. Alfred berichtete: ,,Der gefürchtete König Och Synwyn muß ein wahrer Teufel sein. Er herrscht mit brutaler Gewalt. Seine Armee von Räubern und Mördern fällt plündernd und brandschatzend über Land und Leute her. Sobald er noch mehr Krieger versammelt hat, will er zu Lande und zu Wasser gegen Camelot ziehen. Herr, wir wissen genug. Verlassen wir dieses gefährliche Cornwall.'' ,,Wir wissen zuviel, und wir werden beobachtet. Jetzt umzukehren, bedeutet den sicheren Tod.'' Von einer Anhöhe blickten sie auf König Synwyns gigantische Festung. Davor erstreckte sich ein riesiges Feldlager. In der Bucht ankerte eine mächtige Flotte.

Unbehelligt bekamen der Kreuzfahrer und sein Knappe in Synwyns Festung Einlaß und Unterkunft. Bevor Prinz Eisenherz beim König Audienz erhielt, mußte er alle Waffen ablegen. Sogar eine Schmuckspange mit langer Nadel durfte er nicht behalten.

Der König lächelte friedlich, aber aus seinen Augen strahlte ein unheimlicher, kalter Glanz. Erschrocken blickte Prinz Eisenherz in diese Augen, die Härte und Brutalität verrieten. „Ich habe gehört, Ihr wißt geschickt mit dem Schwert umzugehen", wendete sich der machtgierige Herrscher an seinen Gast, „einen solchen Mann brauche ich. Ein großes Heer wilder Krieger habe ich schon, was mir noch fehlt, sind Offiziere, die Feldzüge planen und führen können. Ihr werdet an der reichen Beute teilhaben."

Schweigend hörte Eisenherz den König an. Der erhob sich, winkte, ihm zu folgen. Sie überquerten einen Hof, schritten auf ein graues Gebäude zu. „Ihr werdet meinen Befehlen Folge leisten!" sagte der Tyrann und grinste hinterlistig. Ein Wächter beeilte sich die schwere Pforte zu öffnen. Och Synwyn hieß Prinz Eisenherz einzutreten.

Prinz Eisenherz schritt an der Wache vorbei durch das Tor. Ein prächtiger Raum lag vor ihm, belegt mit teuren Teppichen, geschmückt mit kostbaren Gemälden. An einer Wand eine Reihe vergitterter und verschlossener Türen, durch die Eisenherz gequälte Gefangene erblickte. In der Mitte des Raumes ein großer Eichentisch, davor ein zierlicher, kunstvoll geschnitzter Sessel neben einem Feuergestell, in dem rotglühende Kohlen lagen. Auf einem Beistelltisch griffbereit glitzernde Instrumente. Eisenherz, geschreckt und schockiert, wußte, daß er inmitten einer Folterkammer stand. Und er erkannte, daß der oberste Folterknecht der König selbst war.

Mit einem gezwungenen Lächeln sagte der Prinz, seinen Stoppelbart verlegen kratzend: „Ich trete gern in Eure Dienste, mein Gebieter! Und ich begnüge mich mit meinem Anteil an der Beute."

Später, froh in seiner kargen Kammer zu liegen, schwor sich Prinz Eisenherz: „Dieser schaurige Mensch, dieser grausame Unhold muß bestraft werden. Ich setze mein Leben ein, diesem schrecklichen Treiben ein Ende zu bereiten. Ich werde vorsichtig und bedachtsam vorgehen müssen."

Nach einer schlaflosen Nacht erhob sich Eisenherz im Morgengrauen von seinem Lager. Er grübelte, um einen Ausweg aus den tödlichen Gefahren zu finden. Er betrat die Halle. Ein Gefangener, offensichtlich ein Edelmann, kniete vor des Königs Thron und bettelte um Gnade. Ungerührt lächelte der König, genoß die Erniedrigung des einst so stolzen Mannes, dessen Flehen vergebens war. Der König befahl der Wache, den mit schweren Ketten Gefesselten in eine Zelle der Folterkammer zu schaffen, wo er auf die grausamen Spiele des Königs warten mußte.

An Eisenherz gewandt, sprach der Tyrann: „Ich will mehr von Euch wissen. Sprecht!" „Ich bin nur ein Pilger, dem auf seinen Reisen Abenteuer widerfahren. Man nennt mich Quintus. Dieser Name zeugt weder von Reichtum noch von hoher Herkunft." Och Synwyn zog sein Schwert, Eisenherz mußte sich vor ihm niederknien. „Jetzt erhebt Euch, Quintus, Ritter König Och Synwyns von Cornwall!" Wieder mußte Eisenherz niederknien, seine Hände in die des Königs legen und den Treueid schwören. „Nun seid Ihr mein Mann, bis in den Tod", lächelte der König. „Bis in den Tod!" antwortete Prinz Eisenherz. „Bis in den Tod!" murmelte er, wieder allein. „Bis zu deinem Tod, Tyrann!"

Prinz Eisenherz, für Och Synwyn Ritter Quintus, gürtete und wappnete sich, seinen Dienst in des Königs Heer anzutreten. Mit gemischten Gefühlen ging er zum großen Feldlager. Ekel erfaßte ihn, als er das schmutzige Lager betrat. Verschlagene Gesellen, Strolche und Straßenräuber stritten sich laut oder lagen faul herum, argwöhnisch ihre Beute bewachend.

Der Weg führte Ritter Quintus weiter, hinunter zum Hafen. Hier lagen schier unzählige Schiffe vor Anker. Eisenherz bemerkte, daß die einzelnen Horden der Seeräuber keinen gemeinsamen Anführer hatten, sogar untereinander sich mißtrauten und anfeindeten. Nur die Aussicht auf reiche Beute hielt diese Meute zusammen. Zurück in der Festung, blickte Eisenherz von einem Wachturm aus auf die wilden Krieger. „Diese Armee soll also bald Britannien erobern.“ Eisenherz bewahrte einen kühlen Kopf, in seinen Gedanken legte er sich einen Plan zurecht.

Beim großen Kriegsrat beschränkte sich Eisenherz aufs Zuhören. Schließlich wendete sich Och Synwyn an den schweigsamen Quintus. „Ihr habt erstmals unseren Beratungen folgen dürfen. Wo sind Eure Vorschläge?" Prinz Eisenherz erhob sich: „Gewiß habe ich einen Plan, Majestät!" Er musterte mißtrauisch die versammelte Runde. „Aber dieser Plan ist nur für Eure Ohren bestimmt." Der König war geschmeichelt. Mit einer Handbewegung scheuchte der Tyrann alle Berater und Führer aus dem Saal. Prinz Eisenherz' erster Streich war gelungen, er hatte Zwietracht gesät — und die Saat ging auf.

„Unterwegs zu Euch, mein Herr, sah ich das von Eurer Armee verwüstete Land. Den Plünderungen muß Einhalt geboten werden, das Zerstörte muß wieder aufgebaut werden!" Kalt antwortete der König: „Wenn ich Britannien habe, was schert mich Cornwall!" „So dachte auch Attila, der Hunnenkönig", warnte Eisenherz und erinnerte sich an die Vergangenheit, „als sich nach den Siegen seine Truppen niederlassen wollten, mußten sie in der von ihnen selbst geschaffenen Wildnis hungern. Laßt doch die Armee die Rechnung begleichen. Erhebt auf die reiche Beute da draußen eine Steuer."

Eindringlich sprach Prinz Eisenherz auf den König ein: ,,Ohne Widerrede werden sie bezahlen. Auch, weil Ihr ihnen versprochen habt, daß beim Siegeszug nach Britannien viele Schätze auf sie warten.'' Ein verlockender Vorschlag, des Königs Habgier siegte über sein Mißtrauen.

Die Tür zu Eisenherz' Kammer war entfernt worden, die Wächter konnten jedes seiner Worte hören. Also würde er die Lauscher täuschen, für seine Zwecke einspannen. ,,Das Glück ist mit mir'', gähnte er zufrieden. ,,Bald werden wir reich sein. Der König will von den Plünderern Steuern eintreiben.'' In Windeseile verbreitete sich das Gerücht in der Festung, sprang über die Mauern. Nicht lange, und im Feldlager herrschte unter den Plünderern Aufregung und Verbitterung.

Es war seine Idee gewesen, nun war es Eisenherz' Aufgabe, die Beutesteuer einzuziehen. Mit fünfzig Gardesoldaten schritt er durchs Lager. Mit leisem Hohn und gut gespielter Hochmütigkeit forderte er von jedem Mann die Abgaben: Schmuck, Münzen, Edelsteine. Der von einem Ochsengespann gezogene Karren brach unter der kostbaren Last fast zusammen.

Prinz Eisenherz erreichte die Bucht, in der die Wikinger ihre schnellen Kriegsschiffe bewachten. Er kannte seine Landsleute, nicht eine Münze der hart erkämpften Beute würden sie freiwillig herausgeben. Umringt von den wilden Kriegern blinzelte er ihnen zu. ,,Ich will keinen Zwist, keinen Streit. Behaltet all eure Schätze'', gab er scheinbar ihrer drohenden Haltung nach. ,,Dann werden die anderen eben das Doppelte zahlen, damit die Rechnung aufgeht.''

Der König freute sich über die Steuer, die sein Ritter Quintus eingetrieben hatte. Doch er war unersättlich. ,,Man hat mir berichtet, daß Ihr von den Nordmännern nichts gefordert habt.'' ,,Nein, Herr, dann hätte ich einen Kampf riskieren müssen, und Euer Wagen wäre geplündert worden.''

Beschützt von einem Trupp der Garde — und beobachtet von den immer anwesenden Spionen — durchquerte Eisenherz das große Lager. Wütende Schreie, wüste Drohungen, haßerfüllte Flüche begleiteten ihn. Unten am Strand, bei den ankernden Schiffen, traf er einen Anführer der Wikinger. ,,Ich bin in Thule geboren, ich schätze die Männer des Nordens. Deshalb warne ich euch, reizt diesen verrückten König nicht. Ihr wollt keine Steuern zahlen — gut. Warum wartet ihr hier auf den großen Beutezug nach Britannien? Der Reichtum vieler Küsten liegt drüben im Feldlager, und eure schnellen Schiffe sind startklar.'' — Eine andere große Gruppe der seefahrenden Krieger waren die lärmenden Schotten, stets bereit für ein Abenteuer. Freundlich winkten sie dem Ritter Quintus zu, denn auch sie hatte er von der Steuer verschont.

Prinz Eisenherz sprach mit den schottischen Kriegern. „Nicht nur ihr Schotten seid ungeduldig. Wie ich gehört habe, wollen die Wikinger ihren Lohn schon im voraus abholen und dann davonsegeln."

Ein glutroter Sonnenuntergang beendete den Tag, an dem Eisenherz seinen König Arthur abgelegten Rittereid brechen mußte und Ritter Quintus geworden war. In der Bucht berieten sich die Wikinger. „Warum einen verrückten König reizen, wenn im Lager reiche Beute wartet", wiederholten sie Eisenherz' Worte. Und die Schotten raunten sich zu: „Die Wikinger holen sich ihren Sold. Warum sollen wir zurückstehen?"

Ritter Quintus, wieder in seinem türlosen Gemach, konnte sich von Alfred nicht die Haare schneiden lassen. Bald würde er wieder wie Prinz Eisenherz aussehen. „Eure Erkältung hat sich verschlimmert, Herr", und Alfred stülpte ihm eine Pelzmütze über den Kopf.

Ohne Waffen trat Quintus dem König gegenüber. „Die leeren Schatzkisten von Euch sind gefüllt worden. Eure Leute gelüstet es nach neuer Beute. Laßt sie sofort aufbrechen." „Hier gebe ich die Befehle!" drohte der König.

Durch seinen Vorschlag hatte Eisenherz verhindert, daß zu Beginn der zu erwartenden Unruhen die Armee den königlichen Befehl zum Abmarsch erhalten würde. Die Nacht war ruhig. Doch kurz vor Morgengrauen hörte man aus dem Lager Waffengeklirr, sah Fackeln aufflammen, Feuer ausbrechen. Quintus fragte den Hauptmann der Wachen: „Warum wird der König nicht gewarnt?" „Wir müssen alles fernhalten, was ihn aufregt. In der Nacht hat er nicht gut geschlafen, jetzt ist er in der Folterkammer und vergnügt sich. Wir dürfen ihn nicht stören!" Die Gefängniswachen weigerten sich, Prinz Eisenherz, den Ritter Quintus, einzulassen. Jede drohende Gefahr schien ihnen nicht so schlimm wie des Königs Ärger. Eisenherz bewaffnete sich, traf Verteidigunsmaßnahmen für die Festung. Gegen Mittag verließ der König das Gefängnis, von seinem Vergnügen ermüdet. Eisenherz trat ihm in der Halle gegenüber, Och Synwyn sprang auf. „Er ist bewaffnet, er hat meine Befehle mißachtet. Packt ihn!"

,,Wenn Ihr Euch in die Verteidigung der Festung einmischt, dann wird es am Abend keinen König mehr geben!" rief Prinz Eisenherz dem Tyrannen entgegen, der endlich begriff, daß in seinem Feldlager Unruhen ausgebrochen waren.

,,Dieses Unheil habt Ihr angerichtet, Quintus, nun schlagt den Aufstand nieder!"

Mit den Soldaten des Königs verließ Eisenherz die Festung. ,,Vielleicht verliere ich mein Leben, meine Ehre habe ich schon verloren." Doch Prinz Eisenherz verstand das Kriegshandwerk zu gut, der führerlose Plündererhaufen konnte ihm keinen wirksamen Widerstand leisten.

Eisenherz faßte einen neuen Plan. Er schickte Alfred über das Schlachtfeld, bedeckt von verwundeten und toten Kämpfern, übersät von Schätzen und Reichtümern, zurück zur Festung. Die Schloßknechte sammelten die Beute ein, schleppten sie hinter die dicken und bewachten Mauern.

Eisenherz hatte seine Truppe weit vorstoßen lassen, die Überlebenden des Plündererheeres weit abgedrängt. Nun ließ er, klug überlegend und handelnd, zum Rückzug blasen.

Die vielen Schätze, die in Och Synwyns Festung geschleppt wurden, trösteten den König über den Verlust seiner Armee und die Aufgabe seines Plans, Britannien zu überfallen.

Prinz Eisenherz zog sich mit seinen Kämpfern in die Burg zurück. Die Plünderer jagten in maßloser Wut Pfeile und Wurfgeschosse über die Mauern. Die Wache vor dem Gefängnis- und Foltergebäude war nicht mehr in der Lage, Eisenherz den Eintritt zu verwehren. Schnell nahm er

die Schlüssel an sich. Als die Folterknechte des Königs sich plötzlich dem Ritter Quintus gegenübersahen, griffen sie zu den Waffen. Sie wußten, daß ein schneller Tod oft besser als eine lange Gefangenschaft sein könnte. Eisenherz bewies, daß sie recht hatten. Dann schloß er alle Zellentüren auf und erklärte denen, die noch fähig waren zu verstehen, daß sie bis zum richtigen Zeitpunkt hinter den angelehnten Türen warten sollten.

Prinz Eisenherz hatte die Grausamkeit des Krieges kennengelernt. Doch der Anblick der gefolterten, geschundenen und verstümmelten Opfer des Königs erschütterte ihn tief.

Prinz Eisenherz würde diesen schrecklichen Anblick nie in seinem Leben vergessen. Der Tyrann Och Synwyn aber wurde durch das Sterben um ihn herum immer vergnügter. Er eilte zu seinem Folterpalast. Wut verzerrte sein Gesicht, weil er selbst die Tür öffnen mußte. Sein krankes Gehirn konnte nicht gleich begreifen, was hier los war. Dann öffneten sich knarrend die Zellentüren. Langsam humpelten, krochen, hinkten die Opfer aus den Verliesen, schleppten sich zu ihrem Peiniger hin. Gellend schrie der Tyrann. Niemand konnte ihn hören. Draußen begann der Angriff auf die starken Mauern der Festung. Die

Plünderer waren im Besitz der Kriegsmaschinen, die für die Eroberung Britanniens gebaut worden waren. Beim Licht der Fackeln schossen sie die ganze Nacht. Hinter den berstenden Mauern entwarf Eisenherz einen waghalsigen Plan. „Ihr wißt, aus welchen Männern das Heer da draußen besteht. Soll unser schönes Cornwall erst Frieden finden, wenn alles zerstört ist? Sollen wir denen die Macht überlassen, die die Dörfer überfallen und Männer, Frauen und Kinder umbringen?“ Während der Nacht wurden die Vorbereitungen für ein großes Wagnis getroffen.

Die reiche Beute wurde in einer Geheimkammer unter dem Fußboden des Foltersaals versteckt. Och Synwyn, der schreckliche Tyrann, und seine zwei Folterknechte lagen unbeachtet unter einer Decke. Die schwere Platte über der Kellerkammer wurde wieder verschlossen und mit Erde bedeckt. Stroh und Holz wurden in das Verlies gehäuft, mit einer Fackel entzündete Eisenherz das Feuer, das diese Stätte der Grausamkeit und des Wahnsinns zerstören sollte.

Der Morgen dämmerte. Die Tore der Festung öffneten sich. Eisenherz sprengte an der Spitze der Reiter mitten durch die Belagerer, mit dem

Schwert eine freie Bahn schlagend. Vom Fußvolk beschützt, folgten den Reitern die Wagen, auf denen Frauen und Kinder in Sicherheit gebracht wurden. Auf dem freien Feld ließ Eisenherz anhalten. Er blickte zurück. Die habgierigen Wegelagerer hatte er richtig eingeschätzt. Auf Beute und Zerstörung erpicht, eilten sie durch die offenen Tore in die Festung. Prinz Eisenherz suchte für seinen Trupp ein geeignetes Lager, während sich in der Festung die Plünderer an der Zerstörung berauschten — und am Wein, den sie im Keller entdeckt hatten.

Die Meute in der Festung brauchte nicht lange, um alles zu zerstören. Doch die vielen Plünderer langweilten sich nicht. Ein Faß nach dem anderen wurde aus dem Keller heraufgetragen. Im Schutze der Dunkelheit ritt Eisenherz zur Festung zurück. Im Schein des brennenden Foltergebäudes erkannte er die immer noch weit geöffneten Tore. Laut schallte das Lachen und Johlen der Betrunkenen aus der Burg über die Ebene. Eisenherz riß sein Pferd herum und ritt in das Lager. Jeder Adelige und jeder einfache Soldat erhielt nun von Ritter Quintus genaue Befehle. „Wir stehen immer noch einer zehnfachen Übermacht gegenüber. Mancher von uns wird sein Leben lassen müssen. Aber es ist unsere Pflicht, dieses Heer zu vernichten, um endlich frei zu sein!" Vor Morgengrauen führte Quintus die todesmutigen und freiheitsdurstigen Männer zur Festung. Sie waren zu allem entschlossen.

Als die Sonne über den Horizont stieg, war das Schloß zurückerobert. Eisenherz steckte sein Schwert in die Scheide. Seine Aufgabe war erfüllt. Doch er war nicht glücklich. Zuviel Blut hatte fließen müssen. Er hatte gelogen, einen falschen Namen benutzt, einen Meineid geschworen. Prinz Eisenherz hatte seine Ehre verloren. Unbemerkt verließ er mit dem treuen Alfred die Festung.

Die Schätze halfen, die Festung und das Königreich von Cornwall in Frieden wieder aufzubauen. Durch die Jahrhunderte wurde die Sage von Ritter Quintus überliefert, der aus dem Nichts kam, das Volk und das Königreich vom Tyrannen befreite, wieder im Nichts verschwand.

Quintus hatte Tintagel erreicht, mit Alfreds Rasiermesser wurde aus ihm wieder Prinz Eisenherz.

Eisenherz freute sich, wieder den Schild mit dem roten Hengst tragen zu können, und es beglückte ihn, wieder das „Singende Schwert" am Gürtel zu befestigen. Dem Kommandanten von Tintagel, Sir Beaumains, erstattete Eisenherz einen ausführlichen Bericht. „Nachdem König Och Synwyn tot ist und seine gefährliche Armee vernichtet, werden uns die anderen beiden Könige kaum noch Kummer bereiten." So ritten nur ein Dutzend Ritter, begleitet von hundert Freisassen aus, das Land Cornwall zu kontrollieren.

Unter dem „Eisernen Tor" wartete bereits ein Schiff, als sich Eisenherz von seinen Freunden verabschiedete, die hier für König Arthur Wache hielten. — In Bristol legte das Schiff an, Prinz Eisenherz und Alfred gingen von Bord, kauften sich auf dem Markt zwei Reitpferde und ein Packpferd. Auf dem Weg nach Camelot, weit draußen in der Ebene von Salisbury, sahen sie die riesigen Steine von Stonehenge. Die Ruinen der Kultstätte glänzten kahl in der Abendsonne. Die Pferde scheuten.

Die Pferde waren nicht zu bewegen, in die Nähe der geheimnisvollen Steine von Stonehenge zu traben. Eisenherz und Alfred verbrachten die Nacht unter den steinalten Eichen, wo die heiligen Misteln wuchsen. Abwechselnd hielten sie Wache — waren sie doch in der Nähe eines geheimnisvollen Ortes, wo schon vor Jahrtausenden geheime Riten zelebriert wurden.

Im Morgengrauen ging Eisenherz allein zur Tempelanlage, weder sein Knappe noch die Pferde wollten sich dieser Stätte nähern. Voller Ehrfurcht trat er zwischen die riesigen Steinsäulen. Vor dem Altar blieb er plötzlich stehen . . . Spuren eines frischen Opfers, zertretenes Gras, wie von den Füßen einer großen Menschenansammlung.

Eine Frauenstimme schreckte Eisenherz auf: ,,Eindringlinge sind hier nicht erwünscht. Geh und kehre nicht zurück! Einer, der unsere Warnung nicht beachtete, liegt dort drüben.'' Die Druiden-Priesterin wies in die Ebene.

Der Prinz, im Banne dieser schönen Frau, unter dem Eindruck der stolzen Priesterin, gehorchte. Er ging in die angegebene Richtung und fand den Körper eines Mannes, an dessen Hand eine schwere Lederpeitsche hing, an dessen Füßen schreckliche Sporen befestigt waren. Ein grausamer Pferdeschinder!

Eisenherz und Alfred konnten den Toten nicht begraben, so bestatteten sie ihn unter einem Steinhaufen, sprachen für ihn ein Gebet. Eisenherz blickte auf — und entdeckte das Pferd. Rötlich glänzend stand es in der Sonne. Seine Augen waren wild vor Angst, sein Maul verletzt, seine Flanken durch die Sporen blutig gezeichnet. Eisenherz erschauerte. Es war das schönste Pferd, das er je gesehen hatte.

„Dieses Pferd muß ich haben!" Staunend schaute er den roten Hengst an. „Du bist wunderschön", flüsterte er und versuchte, das Tier anzulocken. Angstvoll wiehernd jagte der Hengst mit donnernden Hufen über die Ebene.

Den ganzen Tag versuchte Prinz Eisenherz mit allen Mitteln und Tricks das Tier zu fangen. Am Abend endlich mußte er alle Versuche, des Hengstes habhaft zu werden, aufgeben. Am nächsten Tag, wieder auf dem Weg nach Camelot, schaute der Prinz wehmütig zu dem Hengst, der weit draußen versuchte zu grasen, obwohl die Kandare ihn daran hinderte.

Zurück in Camelot, konnte Prinz Eisenherz seinen Schild nicht in der Ehrenhalle an den gewohnten Platz hängen. Er war ein Ritter ohne Ehre! ,,Vielleicht bin ich jetzt zum letzten Mal in König Arthurs Schloß.'' Auch an der Tafelrunde durfte er nicht sitzen. Er mied seine Freunde, ging ihnen aus dem Weg, was nicht schwer war, die meisten waren auf ihren Gütern, die Landbestellung zu überwachen.

Alfred ging zu Sir Kay, dem Seneschall, um für seinen Herrn eine Audienz beim König zu erbitten. Arthur freute sich: ,,Der fröhliche Eisenherz ist wieder da! Sicher hat er erfolgreich meinen Auftrag ausgeführt. Schickt Boten aus, die Tafelrunde ist einberufen, wir wollen alle seinen Bericht hören, über seine Abenteuer staunen und lachen.'' Aber Eisenherz hatte geglaubt, dem König unter vier Augen berichten zu können, dann wollte er heimlich Camelot verlassen. Nun sollte er vor der versammelten Tafelrunde auftreten. So machte er sich schweren Herzens auf den Weg . . .

Eisenherz weigerte sich, Platz zu nehmen. „Wenn Ihr mich bis zum Ende angehört haben werdet, duldet Ihr mich nicht mehr in Eurer Tafelrunde." Prinz Eisenherz erzählte, wie er König Och Synwyn den Treueid geschworen, welchen Lug und Trug er begangen hatte, um den Tyrannen und seine Armee zu vernichten. König Arthur erhob sich: „Ehre für solch einen Ritter, der sein Leben in Gefahr bringt und seine Ehre aufs Spiel setzt, um seinem König und seinem Land zu dienen, vor Krieg zu bewahren. Nehmt Platz, Ritter Eisenherz!" „Es war meine selbstverständliche Pflicht, meinen Auftrag auszuführen. Ich hätte nicht . . ." „Ihr mußtet so han-

deln", unterbrach ihn der König ärgerlich, „und jetzt nehmt Platz! Seid nicht so eigensinnig, setzt Euch!" „Ich setze mich nicht!" rief errötend der Prinz. „Kein König kann mir sagen, daß aus Unrecht Recht wird!" „Dann bleibt stehen, ihr Musterritter!" brüllte König Arthur und setzte sich. Er griff nach seinem Becher und blickte in Gedanken versunken zu Eisenherz.

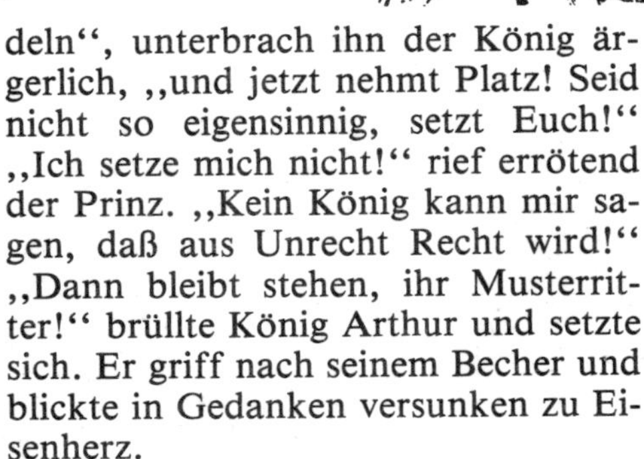

Unbehagen beschlich des Königs Herz. Er fürchtete, den tapferen Ritter für immer zu verlieren. Eisenherz blickte in die Runde, seine Augen wurden feucht. Langsam schritt er zum Ausgang. ,,Halt! Vor solcher Unbeugsamkeit muß sich selbst ein König geschlagen geben. Aber diese Treue darf nicht unbelohnt bleiben. So wie die Untertanen den Zehnten für den König und das Königreich abgeben, Prinz Eisenherz, so gebe ich Euch den zehnten Teil meiner Ehre!'' Und alle Ritter der Tafelrunde, denen ihre Ehre mehr wert war als das Leben, erhoben sich jubelnd. Jeder übertrug einen Teil seiner Ehre dem Prinzen. Eisenherz nahm seinen Platz ein. Er schämte sich seiner Tränen nicht. König Arthur zog sich bald unauffällig zurück. Die Tafel war reich gedeckt, die Ritter waren fröhlich und ausgelassen. Es würde eine lange Nacht geben.

Ein Opfer dieser langen Nacht war Prinz Eisenherz. ,,Ich wette, ein Knabe, bewaffnet mit einem Stock, könnte heute alle Ritter schlagen'', stöhnte er und steckte seinen Kopf in den mit kaltem Wasser gefüllten Waschzuber. Gewaschen, angekleidet und nach einem kräftigen Frühstück war er wieder zu Abenteuern bereit. ,,Es gibt zu viele Versuchungen für so einen Schwächling wie mich. Sattle die Pferde, Alfred. Wir werden versuchen, den schönen roten Hengst zu fangen.''

Aus den großen Stallungen Camelots wurden schnelle, ausdauernde Pferde ausgewählt und gesattelt. Mit Alfred und einem erfahrenen Pferdeknecht machte sich Eisenherz fröhlich auf den Weg nach Stonehenge. Den ganzen Tag ritt er über die Ebene von Salisbury, nach dem schönen und scheuen Hengst Ausschau haltend. Dort drüben, im Außenbezirk des geheimnisvollen Tempels . . . der Hengst!

Dort stand das Pferd, das Prinz Eisenherz unbedingt haben mußte. Es fraß Haferkuchen, und die schöne Priesterin sprach mit zärtlicher Stimme zu ihm. Eisenherz kam näher, soweit sein Pferd es wagte, sich dem verfallenen Tempel zu nähern. Er begrüßte die Druidin, die Bewahrerin uralten Eichenzaubers, die Sternkundige und Heilerin.

,,Vermögen zarte Worte und Haferkuchen einen wilden Hengst zu zähmen?" ,,Er ist ein Menschentöter", antwortete sie, ,,der Schmerz der Kandare und die Wunden der Sporen sind unvergeßlich für ihn. Befreie ihn von der Kandare, und du kannst ihn vielleicht zähmen. Wenn du es wagst . . ." Der große abgemagerte Hengst trabte davon.

Die Priesterin erzählte dem Prinzen die Geschichte des Hengstes: ,,Er kam in die Hände eines brutalen Herrn. Eines Tages versuchte dieser Mann, das Pferd mit Gewalt in den verbotenen Tempel zu treiben. Mit Peitsche, Sporen, Kandare kämpfte der Reiter gegen das Pferd, das sich weigerte, das geheime Tabu zu brechen. Der Mann band das Pferd an einen Baum. Mit einer großen Keule wollte er den Stolz und den Mut des Pferdes brechen. Er holte zum Schlag aus — und da wurde der Hengst zum Menschentöter."

In der Dämmerung des warmen Frühlingstages begann die Jagd. Prinz Eisenherz wußte, solange die Wunden und die Kandare das Tier quälten, solange würde es ein Menschentöter bleiben. Der Hengst ließ immer wieder seine Verfolger weit hinter sich zurück. Doch Eisenherz und seine Helfer wechselten oft die Pferde, hetzten das ermüdete Tier durch die ganze Nacht, das keine Zeit fand, auszuruhen und zur Tränke zu gehen. Am frühen Morgen gelang es endlich, das abgehetzte Tier einzufangen. Prinz Eisenherz fesselte den wild um sich schlagenden Hengst.

Die grausame Jagd war beendet. Keuchend, mit bebenden Flanken lag der Hengst endlich still. Prinz Eisenherz entfernte die schmerzende Kandare, legte ein leichtes Halfter an. Noch einmal bäumte sich der Hengst auf. Er war ein Menschentöter. Und beinahe wäre er es auch geblieben. Im letzten Moment konnte Eisenherz den stahlharten Hufen ausweichen.

Dann stand der rote Hengst erschöpft, gehalftert und gefesselt auf der Weide. Eisenherz brachte ihm Wasser. Viele Tage vergingen. Die Wunden des Pferdes, mit Salben bestrichen, heilten allmählich. Langsam wuchs das Zutrauen des Tieres in die Menschen. Dann wagten es Eisenherz und seine Helfer, den Hengst zu satteln und zu zähmen. Er bäumte sich auf, versuchte noch einmal, sich zu befreien. Doch er spürte weder Kandare noch Sporen. Prinz Eisenherz blieb im Sattel.

Dann brach der Hengst aus. In rasendem Galopp jagte er über die Ebene. Erst hatte Eisenherz Mühe, sich im Sattel zu halten. Er ließ das Pferd laufen; mit Geschick und Geduld brachte er den Hengst unter Kontrolle, der zum heiligen Tempel von Stonehenge strebte.

Sanft zügelte Eisenherz den Hengst vor der Priesterin, die ihn erwartet hatte, stolz an einen riesigen Stein gelehnt. Die letzte Prüfung stand bevor. Die Druidin streckte die Hand aus, der rote Hengst reckte genießerisch seinen Kopf der Frau entgegen, und genüßlich fraß er ihr den Haferkuchen aus der Hand. ,,Du hast diesen Hengst verdient. Wärest du nicht so gut zu ihm gewesen, ich hätte ihn letzte Nacht befreit'', sagte die Priesterin, und ein leichtes Lächeln spielte um ihre Lippen.

Prinz Eisenherz war glücklich, und als sie sich Camelot genähert hatten, stieß er einen Jubelschrei aus, galoppierte über die Wiese und preschte durch das geöffnete Tor. Übermütig wie ein Knabe, der sich über ein neues Spielzeug freut, ritt er über den Hof und lenkte die Ritter von ihren Übungen ab, bevor er seinen roten Hengst zu den Ställen führte. Den anderen mußte er sein neues Abenteuer erzählen.

„Welches temperamentvolle Pferd würde durch diese Folterinstrumente nicht zu einem Menschentöter werden?“ fragte er und zeigte Sporen und Kandare. „Das ist meines Vaters Kandare! Und dies sind seine Sporen!“ schrie Sador. „Der Hengst gehört mir!“ „Und würdet Ihr, ebenso wie

Euer Vater, diese Marterinstrumente gebrauchen?“ fragte Eisenherz. „Ihr sagt es selbst. Dieses Pferd hat meinen Vater getötet. Ein Leben für ein Leben! Im Namen der Gerechtigkeit werde ich dieses Tier töten! Überlaßt mir den Hengst oder ich bezichtige Euch des gemeinen Pferdediebstahls.“ Eisenherz blickte voller Zorn Sador mit kalten Augen an. „Ihr scheint ein mutiger Pferdemörder zu sein. Meßt Euch an einem Mann!“

Eisenherz verließ den Raum. „In einer Stunde bin ich auf der Turnierwiese. Das Pferd, das ich reite, gehört dem, der Manns genug ist, es sich zu holen!"

Prinz Eisenherz wappnete sich für den Zweikampf. Während der Hengst gesattelt wurde, beruhigte er ihn mit sanften Worten. Er wußte, noch viel Zeit mußte vergehen, bis der Hengst die Grausamkeiten der Menschen vergessen könnte.

Auf der Wiese wartete Sador bereits, viele Ritter hatten sich eingefunden, den Kampf zu sehen. Sir Gawain warnte den Freund: „Hüte dich vor

Sador! Er ist ein mutiger, aber heimtückischer Kämpfer."

Ohne das Signal zum Beginn des Kampfes abzuwarten, griff Sador an. Mit Entsetzen sah Eisenherz, daß die Lanze seines Gegners genau auf die Kehle des Hengstes zielte. Das wütende Gebrüll der Zuschauer schlug in Begeisterung um, als es Eisenherz gelang, Sadors Lanze zur Seite zu stoßen. Sador ritt einen Kreis, preßte brutal seinem Pferd die Sporen in die Flanken und griff wieder an!

Sadors Lanzenspitze war drohend auf die breite Brust des roten Hengstes gerichtet. Eisenherz mußte dieses edle Pferd vor dem brutalen Ritter retten . . .

Eisenherz preschte heran, die Lanze hoch aufgerichtet. Blitzschnell wechselte er von der rechten Seite der Turnierbahn auf die linke. Über den Nacken seines roten Pferdes hinweg stieß er Sador aus dem Sattel.

Eisenherz sprang schnell von seinem Pferd und rannte zu seinem Gegner, bevor dieser wieder aufsitzen konnte. Beide Kämpfer zogen ihre Schwerter und schlugen aufeinander ein. Sador kämpfte abwehrend, umkreiste Prinz Eisenherz, sprang zurück, versuchte so, dem roten Hengst näher zu kommen. Er haßte dieses Pferd, das seinen Vater getötet hatte. Er wollte an dem Tier seine Rache austoben.

Plötzlich drehte er sich um und sprang auf das Pferd zu. In der rechten Hand das Schwert drohend zum tödlichen Schlag erhoben.

Eisenherz konnte Sador nicht aufhalten. Mit kräftigem Schwung schleuderte er das „Singende Schwert“ zwischen die Beine seines heimtückischen Gegners, der zu Boden schlug. Eisenherz, der sein Pferd gerettet hatte, stand unbewaffnet Sador gegenüber, der sich wieder erhoben hatte, einen Fuß fest auf Eisenherz' Schwert gestellt. Durch geschickte Handhabung des Schildes und behendes Ausweichen konnte Eisenherz den wütenden Schwerthieben entgehen. Sador beugte sich, zu einem schnellen Schlag ausholend, nach vorn. Eisenherz ließ seinen Schild fallen und sprang. Fest umklammerte er den Schwertarm Sadors. Unter Aufbietung all ihrer Kräfte standen die beiden Kämpfer ineinandergekeilt und unbeweglich. Da schleuderte Eisenherz mit fürchterlicher Gewalt Sador zu Boden, wo dieser mit zerschmettertem Arm liegenblieb. Das Duell war beendet.

Niemand konnte Eisenherz nun den roten Hengst streitig machen. ,,Nun gehörst du mir, ganz allein mir'', flüsterte er dem Pferd ins Ohr. Alfred hatte vorsorglich einen Weinschlauch zur Wiese mitgebracht. Es konnte gefeiert werden, und Prinz Eisenherz taufte sein Pferd. ,,Du heißt jetzt Arwak — wie das feurige Pferd in einer alten Wikingersaga. Arwak, das bedeutet ,Frühwach', zieht zusammen mit Alswinn den Wagen der Sonne über den Himmel'', erklärte er.

Tag für Tag war Prinz Eisenherz mit Arwak auf dem Übungsgelände der Reiter. Mann und Pferd arbeiteten hier zusammen, bis aus beiden eine Einheit geworden war. Diese Zeit wurde Alfred zur Freizeit. Er traf sich mit Peter und Jex, den beiden Knappen Sir Gawains. Die drei munteren Gesellen amüsierten sich mit Maiblume, einem Pferd, das Prinz Eisenherz gehörte. Maiblume war zwar ein stattliches Tier, aber zu dumm — oder zu schlau? — für ein tüchtiges Streitroß. Maiblume war ein Clown. Die drei Knappen brachten ihr viele Tricks bei, und Maiblume war sehr gelehrig. So wurde aus dem Spaß eine perfekte Komödie, die diese vier Clowns bei dem bevorstehenden Fest dem König und der Königin vorführen wollten.

Als Eisenherz mit seiner Maiblume einmal schimpfen mußte und dieses Pferd während der strengen Strafpredigt Alfred einen feuchten Kuß gab, wußte der Prinz, daß er dieses Pferd nicht gebrauchen konnte.

Da kündigten schmetternde Fanfaren einen Gast auf Camelot an. Halgar der Donnerer, König der Ostsachsen, ritt in den Schloßhof, gerade als Maiblume vorbeitänzelte. Halgar warf einen bewundernden Blick auf dieses wunderbare Pferd. Der mächtige Halgar würde dieses Tier gern sein eigen nennen. Eisenherz überlegte, wie er diesem anmaßenden Barbaren zu seinem Glück verhelfen und wie er Maiblume los werden könnte.

Nur Alfred, Jex, Peter und Maiblume wußten, mit welchem Schauspiel das Herrscherpaar und alle Gäste beim nächsten Fest zum Lachen gebracht werden sollten.

Halgar war beim König; arrogant gab er seine Meinung zum besten. Arthur gelang es, den Barbaren zu beruhigen, dessen Reich an das von Camelot angrenzte. Friedliche Nachbarschaft war besser als Zwist und Streit. Nach der Unterhaltung mit König Arthur sah Halgar im Schloßhof das Pferd seiner Träume. Zufällig stand es dort neben seinem Besitzer. Jetzt konnte der Pferdehandel beginnen.

Alle, die diesen Pferdehandel miterlebten, sagten später übereinstimmend, daß sie nie vorher oder nachher einen ähnlichen erlebt hatten. Eisenherz weinte fast, als er sein Lieblingspferd umarmte und von ihm Abschied nahm. Nur aus Geldmangel willigte er in den Handel ein und steckte die doppelte Anzahl Münzen in seinen Beutel, die er sonst erlöst hätte.

Alfred hatte inzwischen Maiblume vermißt; auf der Suche nach dem Pferd kam er in dem Moment in den Schloßhof, als Halgar sein neues Roß stolz bestieg. Er ahnte, was kommen mußte . . . Halgar ritt auf seinem Pferd im Paradeschritt über den Hof. Er freute sich, endlich ein Pferd zu haben, das zu seiner Persönlichkeit paßte. Da lehnte sich Maiblume, ermüdet von der Parade, an eine Mauer und kreuzte die Beine. Das Gebrüll auf ihrem Rücken langweilte sie nur. Langsam ließ sie sich nieder, schloß die Augen, um friedlich zu schlafen.

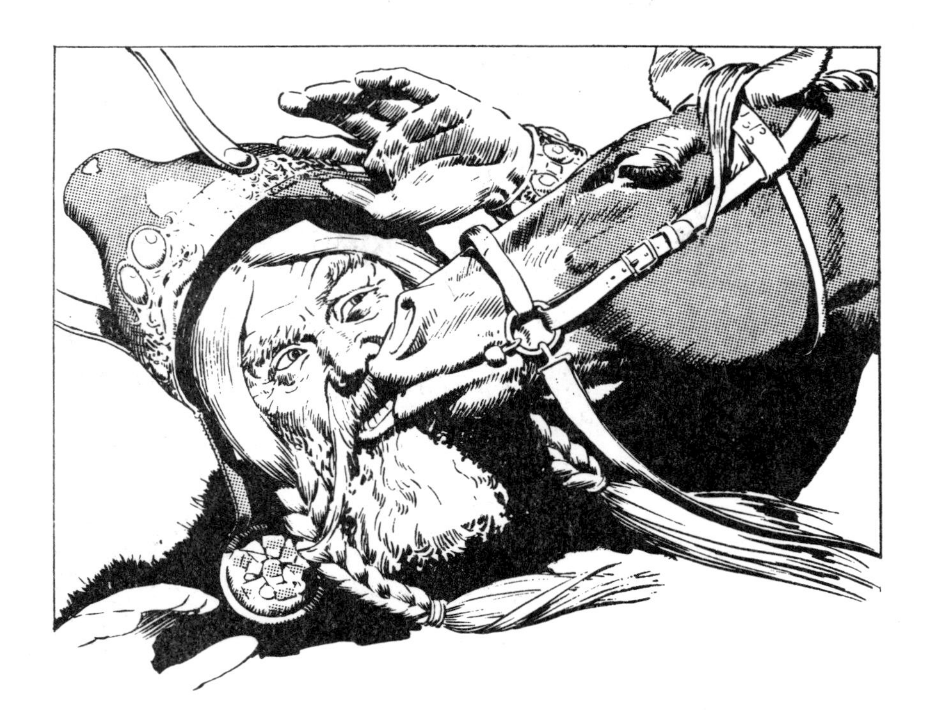

Halgar war vom Rücken seines Pferdes gerutscht. Maiblume störte das gar nicht. Sie gab ihrem Herrn und Reiter einen feuchten herzhaften Kuß. Halgar verlor seinen Helm, und als er sich nach ihm bückte, erhielt er einen sanften Stoß. Ringsum brauste brüllendes Gelächter auf. Maiblume war stolz, für ihre Darbietung so viel Beifall zu erhalten. Halgar, der mächtige Ostsachse, fand diese Vorstellung überhaupt nicht komisch. Wütende Blicke warf er in die Menge, die immer lauter lachte, während er am Boden lag.

Halgar erhob sich ächzend, wutentbrannt starrte er Maiblume an, die ihre Unschuldsmiene zur Schau trug und brav und bescheiden in einer Ecke des Hofes stand. Halgars Gesicht wurde zornesbleich, er ballte die Fäuste, schwor blutige Rache. Und ganz Camelot war vom vielen Lachen erschöpft.

Nein, drei Gesellen hatten nichts zu lachen. Auch Alfred, Peter und Jex waren bleich geworden — aus Angst. Es konnte ja nicht verborgen bleiben, daß Maiblume drei Lehrer hatte, die sie gut unterrichtet hatten.

Auch Prinz Eisenherz verkniff sich bald sein herzhaftes Gelächter. Dieser Vorfall, dieser Fall Halgars vom Rücken Maiblumes könnte schwerwiegende Folgen haben. Wenn der unbeherrschte Halgar mit seinen wilden Ostsachsen ins Land einfiel, um Rache für seine Schmach zu nehmen.

Und auch der König fand es nicht zum Lachen. So eine Blamage durfte man einem Gast — und erst recht nicht dem zornigen Nachbarn Halgar — antun. Die Schuldigen mußten gefunden werden. Die Wachen führten dann die drei schuldbewußten Pferdelehrer dem höchsten Hofbeamten vor. Sir Kay verhängte zur Strafe die öffentliche Auspeitschung der Missetäter.

Prinz Eisenherz war betroffen. Er konnte doch nicht zulassen, daß der treue und muntere Alfred ausgepeitscht wurde. Sein Knappe war der rechtmäßige Erbe von Vernon, vom launenhaften Schicksal zum Knecht erniedrigt. Und schließlich war Alfred nicht nur Eisenherz' Diener — er war sein Freund! Der Prinz entschloß sich zu einer kühnen Tat, die ihm Ächtung einbringen konnte. Er entriß Alfred den Soldaten, die ihn bestrafen sollten, zerrte ihn auf sein Pferd Arwak, galoppierte in den nahen Wald, wo er Reit- und Packpferde versteckt hatte. Auf schnellstem Wege ritten sie nach London, um in der Stadt auf ein Schiff zu warten, das nach Thule segelte.

In der Herberge sahen sie das erste bekannte Gesicht, ein zorniges Gesicht: Halgar!

Halgar blickte auf, und wen mußte er sehen? Den Mann, der ihm das Pferd verkauft hatte, das ihn zum Gespött eines ganzen Königreichs gemacht hatte! Seine Wut flammte erneut auf. Er drohte, mit seinen Ostsachsen in Camelot einzufallen und alle Lacher grausam zu bestrafen. Eisenherz hörte unbewegt zu, dann brüllte er los: „Du Narr! Du bist auf Camelot ausgelacht worden. Sogar deine eigenen Männer haben sich amüsiert. Und auf der ganzen britischen Insel wird man über dich lachen. Wenn ich's nicht verhindere!"

Halgar wußte, das waren wahre Worte. „Wie willst du das verhindern?" fragte er mürrisch. Prinz Eisenherz bat um ein Stück Pergament und eine Feder. Er schrieb und las das Dokument vor: „Ich, Halgar der Donnerer, ritt das berühmte Pferd Maiblume ohne Peitsche und ohne Sporen! Ich fordere die Ritter der Tafelrunde hiermit auf, dasselbe zu tun — wenn sie mutig genug sind, das zu wagen!"

Eisenherz gab Halgar die Feder. „Unterschreib diese Herausforderung und schicke sie zusammen mit Maiblume nach Camelot. Die Lacher werden auf deiner Seite sein. Ach, wie gern würde ich Gawain auf Maiblume reiten sehen."

Halgar schmunzelte, Eisenherz ließ die Trinkgefäße füllen. Dann lachte Halgar. Er würde keine Rache nehmen, und Eisenherz würde ungestraft bleiben.

Halgar mußte feiern, und als er nicht mehr fähig war zu feiern, konnten Prinz Eisenherz und Alfred beruhigt gehen. In den schmalen lärmerfüllten Gassen Londons kaufte Eisenherz Geschenke für Aleta und die Kinder, für Alfred eine Ausstattung, die seine Herkunft erkennen ließ.

Nun galt es, ein Schiff zu finden, das sie die Themse flußabwärts, über die Nordsee, heim nach Thule bringen konnten. Sie mußten gar nicht lange suchen. Das Schiff machte einen guten Eindruck, es würde wohl den Stürmen widerstehen, die ihnen auf dem Weg ins nördliche Thule begegnen würden. Nach langem Feilschen um den Fahrpreis gingen die beiden an Bord des seetüchtigen Segelschiffs.

Nie zuvor wurde ein Pferd so sorgsam behandelt wie Arwak. Vielleicht empfand kein Mensch je so viel Zuneigung zu einem Tier wie Prinz Eisenherz — und so viel Stolz. Wenn auf dem wildbewegten Meer die Stürme tobten, war Eisenherz bei Arwak und beruhigte den Hengst.

Endlich war Thule erreicht. Eisenherz' Herz klopfte stürmisch, als er an das Wiedersehen mit seiner Aleta dachte. Das Schiff segelte im Schutz gewaltiger Inseln und Berge weiter nordwärts durch eine Landschaft, die in ihrer erschreckenden Größe einmalig ist. Eisenherz genoß den Anblick der Heimat. Nur noch eine kurze Fahrt durch den Fjord nach Wikingsholm stand ihnen bevor; doch von der langen Seereise war Arwak erschöpft und ungelenk. So wurde Trondheim angelaufen, Prinz Eisenherz ging von Bord. Ein schneller Läufer wurde zum Schloß geschickt. Ruhig nahm Aleta die Botschaft entgegen, daß Prinz Eisenherz in wenigen Tagen wieder bei ihr sein würde. Sie preßte den Brief an ihr Herz. Dann schwirrte sie durch alle Räume des Schlosses und teilte allen die Neuigkeit mit: „Prinz Eisenherz kommt nach Hause! Hängt die Wandteppiche auf! Scheuert den Fußboden! Putzt das Silber! Öffnet den Weinkeller! Prinz Eisenherz kommt! Eisenherz!"

Sie stürzte in ihre Kemenate. „Katwin, Prinz Eisenherz kommt! Ich werde das karmesinrote Kleid mit dem goldenen Gürtel anziehen! Oder das purpurfarbene mit Silber! Ach, ich habe nichts anzuziehen! Katwin! Ich brauche eine neue Frisur!"

Aleta konnte nicht ruhig sitzen bleiben. Katwins Geduld hatte ihre Grenzen, und sie war die einzige, die die zierliche Königin zurechtweisen konnte. ,,Schluß jetzt! Vor morgen früh wird er nicht eintreffen. Er wird nicht prüfen, ob Ihr Seide oder Leinen auf dem Körper tragt. Und Euer Haar wird Sekunden später zerzaust sein!"

Es wurde Nacht, Prinz Eisenherz ritt weiter, von Sehnsucht getrieben. Auch Aleta konnte nicht schlafen, bei jedem Geräusch sprang sie aus dem Bett. In aller Frühe rief sie nach Katwin, die ihr beim Ankleiden helfen sollte. Die ermüdete Katwin meinte: ,,Prinz Eisenherz bewundert Euch, wenn Ihr zu Pferd seid. Und wenn Ihr endlich losreitet, dann begegnet Ihr ihm schon etwas früher." Eine Stunde später sah sie in der Ferne Eisenherz. Mit klopfendem Herzen galoppierte sie zur Furt. Im Wasser strauchelte plötzlich ihr Pferd.

Umsonst waren die vielen Stunden, die Aleta mit Ankleiden, Frisieren, Schminken, Parfümieren zugebracht hatte. Doch nichts konnte ihrem Liebreiz und ihrem Zauber schaden. Des Prinzen Herz schlug höher. ,,Seht an", rief er, ,,Ihr wascht Eure Kleider. Ihr seid eine sehr hübsche Waschfrau. Darf ich Euch helfen?" Er ritt ins Wasser, beugte sich aus dem Sattel, packte mit kräftigen Händen Aleta unter den Armen, zog die triefende Schöne hoch aus dem Wasser und lächelte ihr zu: ,,Ich bin sicher, meiner Frau wird es nichts ausmachen, wenn ich als Dank einen Kuß verlange."

Prinz Eisenherz und Aleta verloren sich in einer Umarmung.

Liebe Leserin, lieber Leser, dieser Augenblick gehört den beiden. Bitte umblättern!

Prinz Eisenherz schenkte der Kleidung und der Frisur seiner Frau keine Aufmerksamkeit — wie es Katwin vorausgesagt hatte. Er war glücklich, wieder daheim zu sein. Katwin begrüßte ihn, sah Aleta an. ,,Wer seid Ihr denn? Ihr ähnelt nicht meiner Königin, mit der ich Stunden verbrachte, sie anzukleiden, zu frisieren, zu schminken und zu schmücken.'' Aleta lächelte selig ihren Mann an, und seine Blicke verrieten ihr, daß er sie liebte.

Der Prinz begrüßte seine Töchter; für die Zwillinge war er fast ein Fremder geworden. Karen schaute ihn keck an, seine Aufmerksamkeit und Zuneigung verlangend. Valeta lächelte verschmitzt, verdrehte die Augen, möchte ihn um ihren kleinen Finger wickeln. Außer Atem stürmte Arne herein, gefolgt von seinem Hund, der Sir Gawain hieß. Auch König Aguar war glücklich, seinen mutigen und klugen Sohn wieder bei sich zu haben. Und doch gestand er sich eine kleine Eifersucht ein. Während der Abwesenheit von Eisenherz hatte er mit Aleta und den Kindern die Abende verbringen können. Jetzt war der Prinz der Mittelpunkt.

Während Arne von dem Tag träumte, an dem er aufbrechen würde, fremde Länder zu sehen, neue Abenteuer zu erleben, bahnte sich hoch oben auf einem Paß im Inneren Land ein Reiter mühsam seinen Weg durch den Schnee des vergangenen Winters. Gegen Abend erreichte er Wikingsholm und wünschte Prinz Eisenherz zu sprechen: ,,Hap Atla, König des Inneren Landes, möchte seinen Sohn nach Wikingsholm schicken, und Prinz Arne soll als Pflegesohn zu Hap Atla gehen, wie es vor vielen Wochen vereinbart worden ist.‘‘

Prinz Eisenherz hatte gedacht, die letzten Tage mit seinem Sohn verbringen zu können, mit ihm zu jagen und zu fischen. Doch der aufgeregte Arne war damit beschäftigt, seine Sachen zusammenzusuchen und einzupacken.

Als alles für die Reise vorbereitet war, holte Arne den Falken, den er selbst gefangen und für die Jagd abgerichtet hatte. Er nahm ihm Haube und Leine ab und schenkte ihm die Freiheit. Als er neben seinem alten treuen Hund saß, wurde ihm bewußt, daß er bald alle, die er liebte, verlassen mußte. Arne nahm Abschied von seiner Mutter, niemand sah die Tränen des Prinzen. Ein kräftiger Händedruck für seinen Vater und König Aguar, dann sprang Arne in den Sattel und führte seine Gruppe fort, den Rücken gestrafft, den Kopf hoch erhoben.

Sie ritten in die Berge, erklommen einen Paß und blickten über die großen Wälder des Inneren Landes. Weit unten blinkte Metall in der Sonne auf. Arnes Begleiter griffen zu den Schwertern. Vorsichtig bewegten sich zwei bewaffnete Reitergruppen aufeinander zu. Dann standen sich die beiden Trupps gegenüber. ,,Ich bin Sven, Sohn von Hap Atla, dem König des Inneren Landes! Ich bin auf dem Wege nach Wikingsholm, Prinz Eisenherz zu dienen!''

,,Ich bin Arne, Sohn von Prinz Eisenherz. Wir sind Pflegebrüder. Laß uns absteigen und die Zelte für die Nacht aufschlagen.'' Die jungen Prinzen unterhielten sich. ,,Mein Vater, Prinz Eisenherz, ist ein großer Krie-

ger. Er kommandiert ganze Armeen. Wenn du Mutter auf deine Seite ziehst, hast du nichts zu fürchten.'' ,,Das ist wie bei mir zu Hause. Mutter ist sanft und lieb, sie wickelt den König um ihren kleinen Finger. Aber hüte dich vor meiner Schwester. Frytha ist ein Biest!'' ,,Ich habe Zwillingsschwestern, die dich dauernd ärgern werden. Mein Vater versteht nichts von Frauen und Kindern, und der König ist nicht so streng, wie er aussieht. Halte dich an Garm, den alten Jäger, der versteht dich.''

Die Pflegebrüder trennten sich am nächsten Morgen, beim Abschied tauschten sie Geschenke aus. Arne trennte sich von seinem Lieblingsbogen, gab Sven auch den Köcher mit den Pfeilen. Sven gab seinen schönen Sachsendolch mit dem Gürtel her. Sven erreichte Wikingsholm. Ein Mißbehagen beschlich ihn, als er auf dem Weg zu seinen Pflegeeltern die Zwillinge traf. Karen und Valeta begafften ihn mit frechem Grinsen — wie zwei kleine Drachen ihr neues Opfer.

Arne begrüßte seine Pflegeeltern, und er sah das Biest. Sie sah nicht so gräßlich aus, wie sie ihm geschildert worden war. Sie sah sogar recht hübsch aus. Arne ließ von seinen

Männern die reichen Geschenke seiner Eltern herbeitragen und auspacken. Schließlich waren die Kisten und Truhen leer, aber es gab kein Geschenk für Frytha. Arne war bestürzt. Wenn er kein Geschenk für dieses Mädchen hatte, konnte das Zusammenleben mit ihr in den nächsten Wochen nur fürchterlich werden. Er überlegte, womit er dem Mädchen eine Freude bereiten könnte. Warum hatten nur seine Eltern nicht daran gedacht, daß Sven eine kleine Schwester hat? Dann fiel Arne etwas ein . . .

„Für dich", sagte Arne und überreichte dem Mädchen seinen wertvollen Schatz, seinen kostbaren Besitz: den Sachsendolch mit Gürtel. Tränen der Dankbarkeit glitzerten in Frythas hübschen Augen. Schnell lief sie aus dem Saal, stürzte schnurstracks in Arnes Kammer. Sie nahm die Schlange aus seinem Bett, die sie dort versteckt hatte, und klaubte die Kletten von seinem Kopfkissen. In ihrem Zimmer holte sie den stinkenden Fisch und den alten Käse, die für Arnes Kleiderschrank bestimmt gewesen waren, warf sie weg, ebenso die Nägel für seinen Stuhl, den Leim für seine Schuhe goß sie aus. Dieser Tag war verdorben. Ein Leopard kann seine Flecken nicht wegwischen, aus Frytha konnte kein Engel werden. „Möchtest du den großen Hecht im Fischteich sehen?" Blitzschnell hatte sie Arne ins Wasser geschubst. Er kletterte die Mauer hoch, mit Schlamm bedeckt, und er fand das nur halb so lustig wie Frytha. Von seiner Mutter hatte er gelernt, was in solchen Fällen zu tun war. Er hatte gut gelernt.

„Wie kannst du es wagen, eine Prinzessin zu schlagen? Du unverschämter Bengel!" Sie gab ihm eine Ohrfeige. Arne wollte nichts schuldig bleiben, und Frytha fand sich plötzlich im Teich wieder. — Rechtzeitig konnte der König seine Frau vom Fenster zurückziehen, dann rief sie erbost: „Du läßt es zu, daß dieser Grobian deine Tochter mißhandelt!" Hap Atla schmunzelte. Frytha tauchte wieder auf. „Welch ein Mann", murmelte das kleine Biest bewundernd, „man müßte ihn in siedendem Öl braten!"

Prinz Eisenherz machte sich Sorgen um seinen Sohn. ,,Ob es Arne gut geht? Kümmert man sich um ihn? Hat er Heimweh?" Da erblickte er einen traurig daherstapfenden Jungen im Schloßhof. Sven, sein Pflegesohn. ,,Hast du Heimweh, Sven?" ,,Oh, nein, Herr", log er tapfer, ,,aber dieses Land ist so groß, so wild, ganz anders als daheim." Prinz Eisenherz durfte seine Pflichten als Pflegevater nicht vernachlässigen. Eine Stunde später, als Sven seinen ersten großen Lachs gespießt und an Land gebracht hatte, war alles nicht mehr so traurig.

Ein anderer war aber nach wie vor auf Wikingsholm sehr traurig: Sir Gawain, Arnes treuer Hund. Er konnte

seine Gefühle nicht verbergen. Tag und Nacht heulte er nach seinem Herrn, er weigerte sich zu fressen. Garm berichtete der Königin: ,,Ich bin in Sorge, Herrin, Prinz Arne überließ mir seinen Hund zur Pflege. Aber das Tier grämt sich zu Tode."

Am nächsten Tag waren Garm und Sir Gawain auf dem Weg ins Innere Land. ,,Du bist der dümmste Hund auf der Welt. Wenn du deinen Herrn glücklicher machst, lohnt sich diese Reise."

Arne war sehr beschäftigt. Wenn König Hap Atla Hof hielt, diente er als Page. Er arbeitete in der Waffenkammer, studierte in dicken Büchern. Wenn die tägliche Arbeit beendet war, durchstreifte er einsam und heimwehgeplagt die tiefen Wälder des fremden Landes. Er durchdrang ein dichtes Gestrüpp — und stand einem Bären gegenüber. Sonst würde sich das pelzige Riesentier davontrollen. Doch es hatte sein Junges dabei, das es beschützen mußte. Arne spannte den Bogen. Er würde nichts gegen das große Tier ausrichten. In der Ferne bellte ein Hund. Und in vollem Galopp preschte Sir Gawain heran, zitternd vor Angst. Aber er wollte seinen Herrn beschützen. Garm stürmte laut brüllend auf die Lichtung. Der Bär zog sich mit seinem Jungen langsam in das Dickicht zurück. Sir Gawain war zwar nur ein alter Hund, aber durch seine Zuneigung machte er Arne glücklich. Zum ersten Mal seit seiner Ankunft im fremden Land schlief Arne am Abend lächelnd ein. Seine Pflegeeltern waren froh — trotz der Hundehaare, der schmutzigen Pfoten und der Flöhe.

Alle fünf Jahre fand der nordische ,,Rat der Könige“ statt. Grenzen wurden festgelegt, Bündnisse geschlossen oder alter Haß geschürt. König Aguar, der Adler von Thule, hatte diesen Rat immer geleitet. Am Vorabend des diesjährigen Rates der Könige war König Aguar vom Pferd geworfen worden. ,,Eisenherz, du nimmst an meiner Stelle teil. Du wirst die Feindschaft derer bemerken, die in ihrem Krieg gegen die Dänen sich mit Thule verbünden wollen. Hüte dich vor Verrat!“ Mit zwölf gut bewaffneten Schiffen segelte Eisenherz nach Süden, mit nur einem Schiff landete er in Bergen, dem Treffpunkt des Rates. Manche Anführer und Krieger waren enttäuscht, daß ein junger Kampfhahn kam, sie hatten Fallen gelegt, einen alten Adler zu fangen. Hap Atla freute sich, Eisenherz zu treffen. Er war von Arne begleitet; glücklich umarmten sich Vater und Sohn. ,,Warum hast du meinen Sohn nicht mitgebracht?“ ,,Die Feindschaft gegen Thule könnte ausbrechen. Sven ist zu jung für einen Krieg.“ Als der Rat der Könige zu Ende ging, waren Eisenherz und Hap Atla die einzigen, die einen Krieg vermeiden wollten. Bei der Abreise berichtete Eisenherz’ Kapitän: ,,Unsere Schiffe haben sich im nächsten Fjord versteckt, draußen lauern viele Feinde!“

In voller Fahrt stieß Prinz Eisenherz auf seine Flotte, verfolgt von den Schiffen, die Thules Macht brechen wollten. Kaum hatte er Zeit, seinen Leuten den Schlachtplan zuzurufen, als die Flotten sich ineinander verkeilten, die Schiffe aufeinander rammten. Es sah wirklich so aus, als wäre der Prinz von Thule feige, er befahl den Rückzug in den Fjord. Nebel kam auf. Wildes Triumphgeheul der übermächtigen Feinde. Die Schiffe schwenkten aus, eines nach dem anderen verschwand im Nebel. Ein Hornsignal, die Schiffe aus Thule wendeten und gingen wieder auf alten Kurs, schlichen links und rechts an den Felsen den Fjord hinaus.

Während die Feinde immer tiefer in den Fjord eindrangen, während sich die Flotte Thules draußen auf See versammelte, lief Eisenherz' Schiff auf eine Sandbank auf. Die Mannschaft mühte sich, das Schiff wieder flott zu machen. Eisenherz entledigte sich seiner Waffen und Rüstung, band ein langes Tau um und sprang über Bord. Er schwamm zu einem nahen Felsen, schlang das Tau um den Stein, seine Männer zogen das Schiff in tieferes Wasser. Doch bevor das Leck im Rumpf abgedichtet werden konnte, tauchte aus dem Nebel ein feindliches Schiff auf. Es entbrannte ein erbitterter Kampf. Der Nebel lichtete sich, Eisenherz sah, wie sein eigenes Schiff sank. Jetzt entdeckt zu werden, bedeutete den sicheren Tod. Er schwamm zur rettenden Küste. Sein Schiff trieb ab. Das feindliche Schiff steuerte auf ihn zu, die Männer triumphierten, winkten mit den Waffen.

Prinz Eisenherz flüchtete auf die Klippen. Unten im Fjord beobachtete er die feindliche Flotte, die nach Thules Schiffen suchte, aus den Wracks der zerstörten Schiffe alles barg, was noch brauchbar war. Eisenherz hoffte, daß sie einiges übersehen mochten. Er war unbewaffnet und fast nackt. In einer ruhigen Bucht wusch er seine Wunden aus, fischte Waffen und Kleider auf. Dreihundert Meilen bis Wikingsholm — Berge, Flüsse, Wälder, Fjorde lagen vor ihm. In einer Hochebene fand er ein einsames Bauernhaus, wo er Obdach und Verpflegung erhielt. Vor Tagesanbruch machte er sich wieder auf den Weg. Er war in einem feindlichen Land. Bald würde man auch hier von der Schlacht im Fjord erfahren. Er blickte zurück. Bewaffnete Krieger suchten nach versprengten Kameraden, die der Schlacht entkommen waren. Wenn sie ihn bemerkten, würde eine gnadenlose Hetzjagd auf den Prinz von Thule ausbrechen. Er schlug sich durch das Gebirge — und vor ihm lag ein riesiges Hindernis: Der Jostedal-Gletscher.

Doch die Verfolger hatten den Flüchtenden gesehen, sie stellten ihm nach. Hatten sie erkannt, daß es Prinz Eisenherz war? Dann wollten sie sicher die Belohnung, die auf seinen Kopf ausgesetzt worden war. Hoch oben auf dem im Sonnenlicht glitzernden Gletscher bemerkte Eisenherz die Häscher. ,,Wenn ich mein ‚Singendes Schwert' hätte . . .", murmelte er, aber so blieb ihm nichts anderes übrig, als weiter zu fliehen. Die vielen Gletscherspalten drohten ihn zu verschlingen.

Endlich erreichte er die feste Eisdecke. Ringsum gleißendes Eis, unsäglich hell, die Augen schmerzten unerträglich. Schneeblind! Prinz Eisenherz bedeckte seinen Kopf, hockte sich nieder. Erst bei Anbruch der Dunkelheit wollte er seinen gefährlichen Weg fortsetzen. Der Wind blies kalt über die Eiswüste. Als es noch kälter wurde, wußte er, daß die Sonne untergegangen war. Er hob seinen Umhang und spähte umher. ,,Ein grüner Zweig!" Was bedeutete dieser grüne Zweig inmitten von Schnee und Eis? Mit schmerzenden Augen sah er noch andere Zweige. Ein markierter Pfad. Im Sternenlicht folgte er dem Weg. ,,Noch ein Tag in dieser weißen Hölle, und ich bin für immer blind."

Schmerzbetäubt kroch Eisenherz über das Eis, erblickte durch seine geschwollenen, tränenden Augen einen Felsen, auf den die Markierungen wiesen. Auf der anderen Seite ging es steilab ins Tal. Eisenherz kletterte und rutschte hinunter, erreichte die Waldgrenze, um, sicher vor den Verfolgern, zu rasten. Seine schneeblinden Augen erholten sich langsam. Er fing kleine Tiere, kam wieder zu Kräften. Weiter, noch war Wikingsholm weit! Eisenherz mußte alle Dörfer und Ansiedlungen umgehen. Er durfte nicht erkannt und festgenommen werden.

Auf seinem Weg entdeckte Prinz Eisenherz Reste von Rüstungen und Waffen, Zeugen eines vergangenen Zweikampfes. Merkwürdig war, daß der eine der Gefallenen einen hundert Jahre alten Römerhelm getragen hatte.

Eisenherz nahm den rätselhaften Römerhelm auf und ging in Gedanken versunken weiter. An einem kleinen See in der Nähe fand er, von dichtem Wein bewachsen, ein anderes Geheimnis — römisches Mauerwerk. „Verschwinde, Barbar! Du stehst auf römischem Gebiet. Geh hinweg! Oder soll ich meine Soldaten rufen?" Ein mürrischer alter Mann krächzte diese Worte in lateinischer Sprache. „Ich will nicht stören, und ich bin kein Barbar!" antwortete Eisenherz auf Latein. „Ein Römer!" kreischte der alte Mann. „Die Römer sind zurückgekommen, Jupiter sei Dank! Unsere lange Wache geht zu Ende." Der Alte führte Eisenherz durch die Ruine. „Ich bin Fabius Felix. Das ist mein Haus und meine Familie. Länger als ein Jahrhundert haben wir diesen römischen Außenposten gehalten, gewartet auf den Tag, an dem sich das glorreiche Rom an uns erinnert. Nun seid Ihr gekommen!"

Fabius Felix sprach von der Vergangenheit. „Hier war ein gutbefestigter, wohlhabender Außenposten des Römischen Imperiums. Hier wurde mit Fellen und Metall gehandelt. Vor hundert Jahren stürzte die große Steinlawine von den Bergen, die uns den Weg zum Meer versperrte. Die Schiffe verrotteten. Diesen Helm habt Ihr gefunden? Als mein Urgroßvater neue Sklaven benötigte, schickte er, Eingeborene zu fangen, seinen letzten Soldaten aus. Er kehrte niemals wieder.“ Fabius schritt mit der Würde eines römischen Senators durch die verfallenden Mauern. Eisenherz wollte schnell diese gespenstische Stätte verlassen, er konnte dem Alten nicht die Wahrheit sagen, daß das Römische Reich zerfiel wie dieser Außenposten, er wollte ihm nicht die Hoffnung und den Stolz rauben. War es Dummheit und falscher Stolz, war es Glaube und Treue, was er erlebt hatte? Drei Wochen war Eisenherz auf der Flucht, es behagte ihm nicht, immer wieder davonzulaufen. Ein Fischerdorf — noch in Feindesland, schon auf dem Gebiet von Thule?

Eisenherz betrat das Dorf, eine Gruppe grimmiger Krieger bog um die Ecke. „Was willst du hier?“ herrschte ihn der Anführer der Seeräuber an. „Ich suche ein gutes Schiff mit einem kühnen Kapitän!“ Die Männer musterten den jungen Mann, der wie ein guter Kämpfer aussah. „Komm mit!“ lachten sie. Der Weg führte an der Küste entlang, hinter einer Landzunge war eine Bucht verborgen. Am Ufer lagen ein Langschiff und kleinere Boote, am Hang ein geräumiges Haus, das Heim des Seekönigs.

„Glück zu, Sigurd Rolf! Wir haben dir einen Platzanwärter für dein Schiff mitgebracht!“ Der Seekönig betrachtete Eisenherz, nickte ihm zu. „Tritt ein, laß deine Waffen draußen!“ Prinz Eisenherz betrat durch das Tor, eng und klein für die Verteidigung, die Halle.

Er wäre leicht zu überwältigen gewesen. Aber nichts geschah. In der Halle eine Horde rauher Krieger. Dazwischen wirkte Eisenherz sehr jung — und sehr sauber. „Seit wann heuert Sigurd Rolf Knaben an? Gibt es nicht genug Männer für sein Schiff?“ fragte hohnlachend Asgaard, der Berserker.

Eisenherz schwieg und setzte sich ans Ende des Tisches. Asgaard griff sich das schwere Weingefäß und trank. „Hier, versuche, ob du ein Mann bist!“ Eisenherz packte das Gefäß, hob es mit einem Arm und trank. „Bei mir zu Hause ist das ein Spiel für Kinder. Kennst du noch andere Kinderspiele?“ Eisenherz blickte Asgaard mit einer harmlosen Unschuldsmiene an und setzte das Trinkgefäß langsam auf den Tisch.

„Ich kenne ein Spiel für Männer!“ brüllte Asgaard, faßte unter seinen Umhang und hob ein verstecktes Schwert hoch über seinen behelmten Kopf.

Wütend stürzte Asgaard auf Eisenherz zu. Dieser hatte nur sein Messer in der Hand, mit dem er Schinken und Brot geschnitten hatte. Er blieb sitzen, rührte sich nicht von der Stelle, beobachtete den Berserker, der wild mit dem Schwert herumfuchtelte. Asgaard kam um den Tisch herum, die Bank knallte mit aller Gewalt gegen seine Beine, Eisenherz' Faust mit aller Kraft gegen sein Gesicht. Asgaards Schwert schlug in die Bank, blieb dort nutzlos stecken. Die Bank kippte um, schleuderte Asgaard zu Boden, sein Schwert klirrte gegen die Wand. Heißer Zorn durchglühte den alten Kämpfer, der sich schnaubend erhob.

König Sigurd Rolf und die anderen Männer beobachteten gespannt diesen ungewöhnlichen Zweikampf. Sie waren erstaunt, über welche Tricks der junge Mann verfügte. Wer würde diesen Kampf gewinnen?

Asgaard zog einen Dolch aus dem Gürtel, hielt ihn mit fester Faust, stand geduckt vor Eisenherz. Der nahm sein Messer in die linke Hand, jeder Bewegung der Dolchhand seines Gegners mit blitzender Schneide folgend. Asgaards schnelle Ausfälle brachten ihm nur Schnittwunden ein. Prinz Eisenherz' Mantel, der dauernd vor- und zurückwedelte, verwirrte den plumpen alten Wikinger, der einen solchen Kampf noch nie ausgefochten hatte. Gern hätte der Berserker dem Kampf ein schnelles Ende bereitet, wenn nur der junge Fremde sich nicht so flink und behende bewegen würde.

Asgaard umkreiste seinen wendigen Gegner. Er wollte näher an ihn herankommen. Nur im nahen Kampf Mann gegen Mann konnte ihm seine ungeheure Kraft Vorteil bringen. Doch das blitzende Messer des fremden jungen Mannes hielt ihn auf Abstand, der wedelnde Umhang verwirrte ihn. Seine blinde Wut machte ihn ungeduldig und unvorsichtig. Er trat nach vorn, stand auf dem Tuch. Eisenherz zerrte es ihm mit einer schnellen kräftigen Bewegung unter den Füßen weg.

Asgaard verlor sein Gleichgewicht und schwankte. Mit einem festen Fußtritt entwaffnete Eisenherz seinen Gegner, lähmte ihm den rechten Arm, der die Waffe geführt hatte. Der Raum erbebte unter den wilden Rufen der Männer, die den Tod des Verlierers forderten.

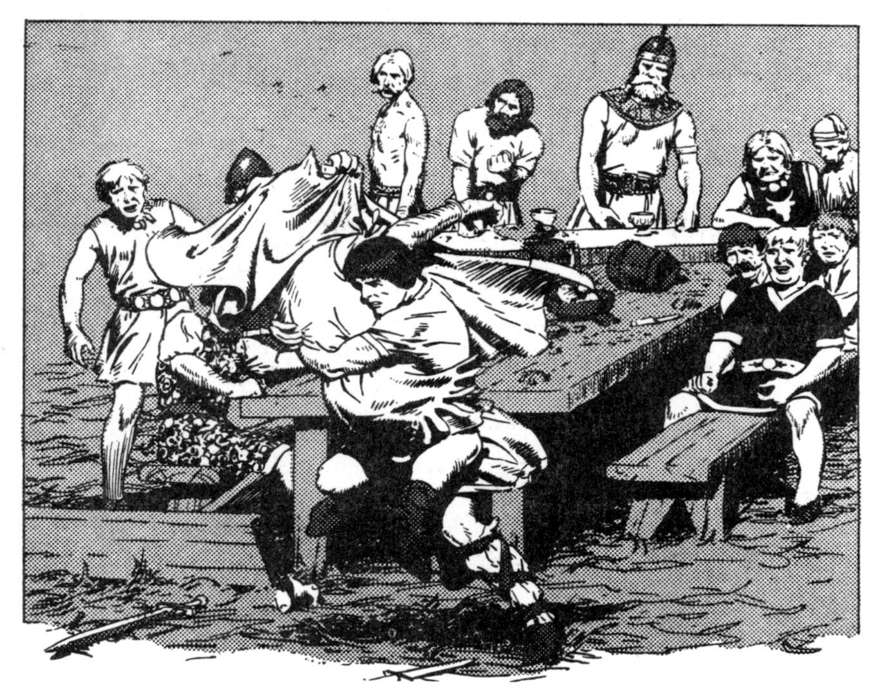

Eisenherz, angefeuert von den begeisterten Zurufen der Zuschauer, tötete seinen Gegner nicht. Er ließ sein Messer auf den Boden fallen, stürzte sich auf den Berserker Asgaard, packte ihn und schmetterte ihn auf den Steinboden. „Zum Glück gibt König Arthur seinen Rittern eine gute Ausbildung", murmelte er unhörbar. „Warum hast du Asgaard nicht getötet?" fragte Sigurd Rolf. „Nun, Herr, ich habe noch nicht zu Ende gegessen. Und beim Essen mag ich's nicht, wenn der Saal verschandelt ist", grinste Prinz Eisenherz. „Wie heißt du, auf wessen Seite kämpfst du?" „Nennt mich Bjärne. Wenn es gute Kämpfe und reiche Beute gibt, ist es egal, wem ich diene." Asgaard wurde aus dem Saal geschleppt. Eisenherz setzte sich wieder an seinen Platz, nahm das Messer und schnitt sich von Brot und Schinken eine gehörige Portion ab.

Am nächsten Tag bekam Bjärne, der neue Krieger in der Mannschaft des Seekönigs Sigurd Rolf, einen Helm und einen Schild ausgehändigt. Er wurde auf das Schiff befohlen, man wies ihm einen Platz auf der Ruderbank zu. Er wagte nicht zu fragen, ob er für oder gegen Thule kämpfen mußte.

Nicht lange mußte er auf die Antwort warten. Ein Schiff näherte sich, auf seinem Segel der rote Hengstkopf, das Zeichen von Thule! Eisenherz hoffte, daß niemand in seiner Umgebung sein glückliches Gesicht sah. Die Segel wurden aufgerollt, die Männer griffen zu den Waffen. Eisenherz strauchelte, fiel auf das Deck, sein Blick ging in die Takelage. Als die Schiffe fast nebeneinander lagen, packte er ein Tau, kletterte behende in die Höhe, schwang hin und her . . .

„Thule, Thule! Folgt dem roten Hengst!" Prinz Eisenherz' bekannter Schlachtruf ertönte plötzlich über den Köpfen der Kämpfenden. Dann sprang der Prinz von Thule auf das Deck, mitten unter seine begeisterten Männer.

Mit Prinz Eisenherz an der Spitze hatten die Krieger Thules bald ihre Feinde besiegt. Erst jetzt bemerkte der Prinz voller Verwunderung, daß er das ,,Singende Schwert" in den Händen hielt. ,,Wie kommt es hierher? Ich glaubte es für immer verloren."

Der Kapitän schmunzelte: ,,Das ist keine Zauberei. Ihr kamt unbewaffnet an Bord, ich habe es Euch in die Hand gedrückt. Vor lauter Kampfeslust habt Ihr's nicht bemerkt." Eisenherz freute sich, sein ,,Singendes Schwert", mit dem er so manchen Kampf auf Leben und Tod ausgefochten hatte, wieder in Besitz zu haben.

Ihm wurde von den Männern mitgeteilt, daß sein Schiff nur die Vorhut, Thules Flotte ganz in der Nähe wäre.

Der Kapitän berichtete weiter: „Als wir während der Schlacht im Fjord auf Grund liefen, der Feind im Nebel nach uns suchte, habt Ihr mir Eure Waffen anvertraut. Durch Eure Hilfe kam unser Schiff von der Sandbank los. Der Feind griff uns an, unser Schiff sank. Es gab nur eines zu tun — und wir taten es. Wir kaperten das feindliche Schiff. Damit wollten wir Euch, der Ihr am Ufer wart, abholen. Beim Anblick des Schiffes seid Ihr dann geflohen. Seither haben wir Euch überall gesucht." Eisenherz lächelte bei dem Gedanken daran, daß er vor seinen eigenen Leuten geflohen war.

Prinz Eisenherz war froh, endlich wieder unter seinen tapferen Männern zu sein, wieder das „Singende Schwert" an seiner Seite zu tragen, das er während der vergangenen Wochen so vermißt hatte. Nun konnte auch einem ungünstigen Schicksal stolz getrotzt werden.

Die große Flotte von Thule näherte sich in Schlachtordnung. Nur wenige feindliche Schiffe konnten gekapert, einige angezündet werden. Es hatte keine großen Kämpfe gegeben, die Krieger waren enttäuscht. Sie brannten darauf, die vereinigten Flotten ihrer Feinde zu treffen, sich mit ihnen zu messen.

Prinz Eisenherz ließ sich auf das Schiff des Königs von Thule übersetzen. Er freute sich, seinen Vater wieder zu sehen, der von seinen Verletzungen genesen und an der Spitze seiner Flotte zum Kampf ausgelaufen war.

Nach langen Wochen des Kampfes, des bangen Wartens und Hoffens sah Aguar seinen unverwüstlichen Sohn wieder. Die beiden sanken sich in die Arme. Einer berichtete dem anderen, was in den vergangenen Wochen vorgefallen war.

Nun mußten die politischen Fragen gelöst werden. Es ging um Krieg und Frieden. Eisenherz war ungeduldig, er drängte auf rasches und entschlossenes Handeln. Er wollte hart durchgreifen, keine Gnade walten lassen. „Laß uns die feindliche Flotte suchen und zerstören!"

Der weise König hatte verständnisvoll seinem ungestümen Sohn zugehört. Er lächelte und erwiderte mit besänftigender Stimme: „Warum die Flotte zerstören? Unsere tollkühnen Nachbarn, die vor kurzer Zeit noch unsere Verbündeten waren, wahrscheinlich in Zukunft wieder unsere Alliierten sein werden, haben unsere Stärke gesehen. Sie wissen, daß sie sich keine weiteren Übergriffe erlauben dürfen. Und die Macht ihrer Flotte ist auch unsere Stärke. Unsere gemeinsamen Feinde, die Dänen, lauern nur darauf, die Küsten Thules und seiner Nachbarn zu überfallen. Also warum sollten wir die Feinde unserer Feinde schlagen? Kehren wir beruhigt nach Hause zurück.“

Was hatte sich in der Zwischenzeit in Wikingsholm ereignet?

Nach der Schlacht im Fjord und nach dem Verschwinden von Prinz Eisenherz war es Aleta, die zu Aguar gesagt hatte: „Macht Euch keine Sorgen. Er wird nicht umgekommen sein, er wird schon auf sich aufpassen.“ In den einsamen Nächten waren Aletas Augen aber voller Tränen. Schlaflos blickte sie in die Ferne. Immer wieder war er zu ihr zurückgekehrt. Bangen Herzens fragte sie sich, ob er auch diesmal zurückkommen würde.

Endlich erhielt sie Nachricht. Eisenherz' Kapitän erzählte, daß der Prinz von Thule in die Berge geflohen wäre. Eisenherz lebte, alle waren froh.

Aleta schätzte die Ruhe und das gesunde Leben auf Wikingsholm, sie überlegte, daß ihre Kinder schon groß wären und sie selbst bald alt sein würde. Sie wollte die letzten Jahre ihrer Jugend nur fröhlich sein . . .

Was geschah inzwischen im fernen Camelot?

Ein Bote war durch Thule geritten, hatte die Küste erreicht, einen Kapitän auf Geheiß einer hohen Dame beauftragt, sein Schiff unverzüglich über das Meer zu segeln, eine Botschaft nach Britannien zu bringen. So geschah es, daß König Arthur einen parfümierten Brief erhielt. Sein Sekretär las laut vor: „Majestät, wie könnt Ihr es verantworten, daß Prinz Eisenherz dick und faul zu Hause herumsitzt, während es in der Tafelrunde der tapferen Ritter doch bestimmt etwas für ihn zu tun gibt. Aber vergeßt bitte nicht, daß der Prinz unbedingt seine Frau Aleta mitbringen soll."

Der Schreiber hatte zwar vergessen, seinen Brief zu unterschreiben, aber das ärgerte den klugen König nicht. Schmunzelnd strich er sich den Bart. Er wußte, was zu tun war.

Thule, das Reich König Aguars, konnte weiterhin in Frieden leben. Der König und sein Sohn, Prinz Eisenherz, kehrten mit ihren tapferen Kriegern heim nach Wikingsholm. Welch ein freudiges Wiedersehen feierte Aleta mit ihrem Gemahl.

Bevor sich Eisenherz von seinem letzten Abenteuer erholt hatte, traf ein Bote in der Burg ein. Prinz Eisenherz erkannte auf dem Brief das Siegel König Arthurs. Er öffnete das Schreiben und las, daß er unverzüglich nach Camelot zu kommen hätte. Und Königin Aleta wäre mitzubringen, Glanz im Schloß zu verbreiten. Warum war Aleta nicht überrascht von König Arthurs Befehl?

Für die künftige Reise über das Meer wählte Eisenherz das tüchtige Schiff von Gundar Harl. Am Hafen traf er mit dem Kapitän die Vereinbarungen. Prinz Eisenherz legte selbst Hand an, als auf dem Deck eine sichere Unterkunft für seinen roten Hengst Arwak gebaut wurde. Rüstung und Waffen wurden geprüft und auf Hochglanz gebracht, alles was notwendig war, wurde eingepackt. Dann mußte Prinz Eisenherz seine Ungeduld zügeln. Schließlich war er ein verheirateter Mann.

Nach einer Woche des Wartens sah er Aleta noch immer unermüdlich ihre Sachen in Koffer und Truhen ein- und auspacken. Sie sagte strahlend: „Ich bin fertig und warte. Wann packst du endlich?"

Eisenherz' Antwort ist nicht überliefert. Hatte er vielleicht gar nichts gesagt?

Schweigend ging Prinz Eisenherz auf die große Weide. Er pfiff Arwak herbei, der sogleich herangaloppierte. Der große rote Hengst rieb sich freudig an seinem Herrn. Ihn kümmerten nicht die Stuten in der Herde, die ihm traurig nachblickten, er war begierig, neue Abenteuer zu erleben.

Aleta war für die Reise fertig. Sie mußte nur noch angekleidet, frisiert, parfümiert und geschmückt werden. Eisenherz bewunderte die stundenlange Geduld Katwins.

Irgendwann konnte die Reise doch beginnen. Zwei Langschiffe, mit kräftigen Ruderern besetzt, nahmen Gundars Schiff ins Schlepptau, zogen es mit jedem Ruderschlag weiter aus dem windstillen Fjord.

Die Ruderer, die sich schwer in die Riemen legen mußten, fluchten laut. Ein Segelschiff war doch gut für Kaufleute, wie konnte ein Krieger wie Prinz Eisenherz auf einem Schiff ohne Ruderer auf große Reise gehen? Auf offener See blies ein kräftiger Wind, blähte die Segel. Gundar Harls Schiff überholte die Langschiffe mit den erschöpften Männern, die sich müde auf die Riemen stützten. Prinz Eisenherz winkte ihnen zu. Er war unterwegs nach Britannien.
Bald würde er wieder in Camelot sein, an König Arthurs Tafelrunde.
Neue Abenteuer warteten hinter dem Horizont.

Prinz Eisenherz